개티오빠스파

개티오빠스파

달꽃

우리가 사랑했던 녀석,

우리의 다소니.

그리고

진정 나였던 나를 찾아서.

등장 인물

＊개티오빠스파＊＊
1. 대장 - 대장, 몬돌이 형
2. 문둥이 - 전략가
3. 헌신짝 - 행동파
4. 몽상가 - 달변가
5. 기울배기 - 기술자
6. 꼬롱새 - 대식가
7. 보자기 - 배우
8. 다소니 - 잠자리소년
9. 수집가 - 이야기를 모으는 아이
10. 은영 - 백과사전
11. 날개 - 송골매

＊그 외 인물＊＊
1. 두꺼비아저씨 - 개티오빠스파의 천적
2. 은수 - 언어장애인
3. 박사 - 다소니의 외할머니
4. 그밖의 개티 마을 사람들

이 책을 우리보다 먼저

녀석을 만나러 간 영구와 구환 친구에게 바칩니다.

1

 흔하지 않은 녀석을 만났다. 산촌이 가지고 있는 폐쇄성도 그러하거니와, 삶의 방향을 송두리째 바꿔놓은 만남이었으니 더더욱. 얼굴은 하얗고 눈빛은 까맸다. 하얀 얼굴은 얼음인 양 너무 창백해서, 그 차가움이 내 몸에 파고들듯 섬뜩했다. 또 까만 눈빛은 새벽에 혼자 남은 별처럼 왠지 슬펐다. 우리에겐 아주 신기하고 독특한, 특별한 만남이었다. 생각만으로도 정말 끔찍했던 하루, 처음 보는 녀석이 눈치도 없이, 감히 개바위 위에 버젓이 앉아있었다. 녀석에게 다가가는 내내 괜히 가슴이 두근두근 뛰었다.

 개바위는 추도러니 다리를 건너기 직전 개울가에 있었다. 마치 커다란 개가 앞다리를 베개 삼아 낮잠 자는 모습이었다. 길 가장자리에서 개울 쪽으로 한걸음 폭을 폴짝 건너뛰면 개바위에 올라설 수 있었다. 바위는 아이들 열 명 이상이 올라가 서 있을 정도로 컸다. 길가에 있는 바위이니 주인이 따로 있을 리 없었음에도 우리 개터 아이들 말고 다른 아이들은 올라가지 않는 것이 암암리에 지켜지고 있는 규칙이었다. 맹세코 우리가 일부러 정한 규칙은 아니다. 다만, 다른 아이들이 우리 눈치를 살피며 올라가지 않았다. 우리는 그것을 은근히 뿌듯하게 여겼을 뿐이다.

그런데 녀석이 그런 상황도 파악하지 않고 여유롭게 앉아서 풀피리를 불고 있었다. 우리는 기세 좋게 다가가다가 순간 멈칫했다. 풀피리 소리가 예사롭지 않았다. 처음 듣는 멜로디가 아름다웠다. 우리는 천천히 다가갔다. 녀석의 뒷모습은 삐쩍 말라 뼈대만 있는 허수아비 같았다. 저 정도면 우리 중 누가 상대하더라도 거뜬히 이길 수 있었다. 우리가 개바위에 올라 녀석을 빙 둘러섰지만, 녀석은 어떤 반응도 보이지 않았다. 오히려 우리가 또다시 멈칫했다. 긴 머리가 얼굴의 절반 이상을 가리고 있어서 그런지 그 분위기가 만만치 않았다.

꼬룡새가 조심스럽게 누구냐고 물었을 때, 그제야 녀석이 얼굴을 들었다. 순간 나는 머리카락 사이로 녀석의 창백한 얼굴을 볼 수 있었다. 눈빛이 마치 먹이를 찾는 늑대의 눈빛처럼 날카롭고 무서웠다. 작고 왜소했지만, 만만한 상대가 아니라는 것을 직감했다. 녀석은 꼬룡새의 물음에 대꾸하지 않았다. 보자기가 그 풀피리는 어떻게 만들었냐고 물었으나 녀석은 역시 대꾸하지 않았다. 그때 별안간 몽상가가 녀석이 들고 있던 풀피리를 낚아챘다. 몽상가는 녀석의 날카로운 눈빛을 미처 보지 못했나 보다. 그런데 녀석은 의외로 가만히 있었다. 날카로운 눈빛과 달리 녀석은 분해하지 않았다. 그렇다고 당황하거나 겁먹은 것도 아니었다. 그냥 가만히 있었는데 왠지 그것이 더 꺼림칙했다.

 버드나무 껍질로 만든 풀피리는 얼핏 보아선 별로 특별한 것도 없었다. 그런데도 아이들은 너나 할 것 없이 일제히 개울가로 내려가 버드나무 껍질을 벗겼다. 잠시 후 벌어질 사건을 놓고 보면 나의 뼈아픈 실수였다. 나만이라도 녀석을 감시하거나 둘레를 살폈어야 했다. 그것이 나의 임무였다. 하지만 나 또한 정신없이 풀피리를 만든 후 소리를 내려고 입에 댔다. 그 순간 저쪽에서 두꺼비아저씨가 고래고래 소리 지르며 나타났다. 한순간 우리 일곱 명은 일제히 길가에 집합했다. 뭔가 예감이 아주 불길했다. 두꺼비아저씨는 다짜고짜 이런 망할 놈들이라며 욕설을 퍼부었다. 나무껍질을 그렇게 홀딱 벗기면 나무들이 어떻게 살겠냐며 꾸짖었다. 더구나 일부러 심은 나무인데 껍질을 홀딱 벗겼다며 얼굴이 붉으락푸르락했다. 아이들은 일제히 나무를 바라봤다. 여섯 그루의 버드나무가 일정한 간격으로 줄 맞춰 서 있었다. 변명 같겠지만 우리 일곱 명은 하나같이 미처 알아보지 못했다. 버드나무를 일부러 심는 사람을 우리는 단 한 번도 본 적이 없었으니까. 두꺼비아저씨의 호통이 이어졌다. 이놈들! 너희들도 홀딱 벌거벗고 서 있어 보자!

 불길한 예감이 적중한 순간이었다. 우리는 서로 눈치를 보며 미적거리다가 결국 옷을 홀딱 벗어야 했다. 마지막 한 장은 걸치고 있었는데 구멍 난 팬티를 입은 놈도 있고, 여자 팬티를 입은 놈도 있고, 시커먼 팬티를 입은 놈도 있었다. 그런데 꼬룡새가 팬티를 입지 않았다. 두꺼비아저씨는 꼬룡새의 속사정을 확인하더니 바짓가랑이를 허리춤까지 걷어 올리라고 했다. 하필 나는 아침에 내 팬티를 찾지 못해서 엄마 팬티를 입고 있었다. 차라리 입지 말았어야 했다. 황당하고 웃기는 상황이었으나 아무도 웃지 않았다. 괜히 봄바람만 간지럽게 지나갔다.

두꺼비아저씨는 분명히 아이들을 괴롭히는 재미로 사는 아저씨였다. 큰 몸집에 비해 키가 작은 데다가 목이 유난히 짧아서 아이들이 두꺼비아저씨라고 불렀다. 두꺼비아저씨는 과일나무는 물론 참외나 수박 같은 것들을 일부러 길가에 심었다. 그런 다음 열매가 익어갈 때가 되면 어딘가에 숨어서 작지만 예리한 눈으로 지켜봤다. 지나가던 아이들이 견물생심이라고 열매에 손을 대면 끝장이었다. 끝장이라는 것을 알면서도 누군가는 꼭 손을 댔다. 두꺼비아저씨는 누가 어느 마을에 사는지, 또 어느 집의 몇째 아이인지까지 다 알고 있었다. 아이들을 괴롭히는 재미로 살다 보니 다 알게 됐을 거다. 또 도망가는 아이들을 끝까지 쫓아가서는 꼭 혼냈다. 그것도 엄마 아빠가 지켜보는 자리에서 마을 사람들이 다 들으라고 언성을 높여 혼냈다. 그러니 한번 걸리면 도망가는 일은 상상도 못 했다. 어떻게든 그냥 그 자리에서 혼나고 마는 것이 그나마 상책이었다. 두꺼비아저씨는 한마디로 심술보 괴짜 악당, 악귀, 악마였다.

분명 두꺼비아저씨는 처음부터 우리를 혼낼 목적으로 일부러 버드나무를 심어놓고 기다렸을 거다. 아이들이 더는 과일나무에 손대지 않자, 버드나무를 선택한 모양이었다. 지지리 운도 없이 우리가 딱 걸려들고 말았던 거다.

그런데 미처 생각지도 못한 문제가 발생했다. 학교는 벌써 아까 끝났음에도 불구하고 왜 이제야 집에 가고 있는지 알 수는 없으나 저쪽에서 여자아이들이 다가왔다. 영정과 정희, 종숙, 해숙, 성숙이가 우리 앞을 지나가며 킥킥거렸다. 우리는 모두 자라목이 되어 얼굴을 푹 파묻었다. 사실 옷을 벗고 있어 얼굴을 감출 곳도 없었다. 저 여자아이들이 지금의 난처한 상황을 각색해서 소문낼 게 뻔했다. 모이기만 하면 언제나 상상력이 풍부한 계집애들이니까. 그러나 지금은 그런 것까지 마음 쓸 처지가 아니었다. 대낮인데도 키 작아진 하늘이 우리의 어깨를 짓눌렀다. 두꺼비아저씨가 계속 뭐라 했으나, 하나도 귀에 들어오지 않았다. 머리끝에서 발끝까지 알싸한 전기 한 줄기가 흘러내렸다. 차라리 땅속으로 꺼지거나 하늘로 날아가 버리거나 그냥 이대로 서서 돌기둥이 되고 싶었다. 눈앞이 캄

캄했다.

 그때 두꺼비아저씨가 우리를 한 줄로 줄 맞춰 세웠다. 끔찍하게도 행진할 모양이었다. 이대로 부모님 앞에 끌려가 혼날 것이다. 우리는 이제 자포자기 심정이었다. 사실 우리는 버드나무를 일부러 심었다는 걸 몰랐다. 또한, 나무껍질을 벗기면 나무가 죽는다는 것을 미처 생각하지 못했다. 단순히 나무껍질을 벗겨서 풀피리를 만들 요량이었다. 또 별로 재미있는 일도 아니었다. 다만, 처음 보는 녀석의 풀피리 소리가 예사롭지 않아 잠시 흉내만 내 볼 생각이었다.

 아차! 뭔가 이상했다. 그러고 보니 왠지 녀석에게 당한 느낌이 들었다. 그제야 그 녀석이 보이지 않는다는 것을 알아챘다. 언제부터였는지 알 수는 없으나 우리 사이에 녀석이 없었다. 두꺼비아저씨가 나타나기 전엔 확실히 함께 있었는데 한순간 사라진 거다. 두꺼비아저씨의 눈치를 살피며 주위를 둘러봤지만 보이지 않았다. 그때 문둥이가 손을 들어 개울 맞은편에 있는 상수리나무숲을 가리켰다. 아이들이 모두 그곳으로 고개를 돌렸을 때 녀석은 산 중턱에 있는 상수리나무 꼭대기에 올라가 있었다. 당황스럽게도 어느새 사라진 녀석이 또 어느새 산을 기어 올라가 나무 꼭대기에 앉아있었던 거다. 녀석이 귀신이 아니라면 마술을 부리는 거였다. 그때 두꺼비아저씨가 우리가 보고 있는 상수리나무를 쳐다봤다. 녀석은 순식간에 나무 뒤로 숨었다. 두꺼비아저씨는 우리가 이런 상황에서조차도 장난친다며 더 화냈다. 녀석 때문에 괜히 두꺼비아저씨의 화를 돋운 셈이었다. 낯선 녀석에게 당한 것이 분명했다.

잠시 후 우리는 우리의 예상이 크게 빗나갔음을 알게 됐다. 자포자기로 끝날 문제가 아니었다. 우리는 언제나 그랬던 것처럼 두꺼비아저씨가 우리를 부모님 앞에 데려갈 줄 알았다. 그러나 정신을 차리고 보니 우리의 행렬은 개티로 향하지 않고 시나무니 마을 앞을 지나는 중이었다. 그렇다면 설마, 학교!

우리는 누구도 어디로 가느냐고 묻지 않았다. 괜히 학교 이야기를 꺼냈다가 정말 학교로 갈까 봐 두려웠다. 추도러니 다리에서 시나무니까지가 이백 미터, 다시 시나무니에서 학교까지가 천이백 미터 정도 됐다. 우리 일곱 명은 팬티만 입은 채 줄 맞춰 행진했다. 그것이 사람이든 아니든 길가에 있는 모두가 우리를 보고는 저런 멍청이들이라며 비웃었다. 누가 아니랄까, 어디선가 나타난 인범과 본웅이 배꼽 잡고 키득거렸다. 자식들이 의리도 없이 같은 남자들끼리 해도 너무했다.

우리는 빨리 걷고 싶었지만 두꺼비아저씨는 일부러 천천히 걸었다. 그렇게 처량한 행진은 쭉 이어졌다. 개굴개굴 울어대던 개구리도 우리를 비웃다가 입이 뒤로 뒤집혔는지 갑자기 조용했다. 개티 아이들 역사상 최고로 수치스러운 일이었다. 개티 마을은 추도러니 다리를 지나면서부터였다. 그러니까 우리는 추도러니 다리를 건너기 직전, 시나무니 마을 영역 안에서 이 수모를 당하고 있었다. 개티 마을이 아니었으므로 우리를 구해 줄 구세주는 아무도 없었다.

  길가에 있는 호두나무와 밤나무 사이의 간격이 참으로 멀게만 느껴졌다. 가로수 뒤편에 있는 개울에서 왜가리 한 마리가 기다란 다리의 우아한 자태를 뽐내면서 긴 목을 쭉 빼고는 목구멍으로 무엇인가를 삼키다가 우리를 쳐다봤다. 매우 어이없다는 눈빛을 우리에게 고정한 채 저런 바보 머저리들이라고 말하듯이 고개를 저었다. 그 순간 우리는 정말 어처구니없는 광경을 봤다. 개울 건너 저편에 있는 논두렁에서 그 녀석이 우리와 속도를 맞춰 걷고 있었다. 마치 우리를 약 올리듯 따라 걸었다. 도대체 뭐 하는 녀석인지, 무슨 생각으로 저러는지 도무지 알 수가 없었다.

  우리는 시나무니를 지나 팔풍정 마을로 접어들었다. 걷다 보니 어느덧 교문 앞에 다다랐다. 설마 했지만, 두꺼비아저씨는 정말 학교로 왔다. 그나마 시간이 약이었다. 아! 아니다. 또다시 여자아이들을 만났다. 이번엔 영미와 정란, 미경, 선화가 우리를 쳐다봤다. 오늘따라 이 조그만 학교에 여자아이들이 왜 이렇게 많은지. 학교는 각각 한 학년에 한 반이 전부였다. 5학년은 모두 35명이었고 그중에 17명이 여학생이었다. 이판사판 우리의 걸음은 저절로 빨라졌다. 두꺼비아저씨를 앞질러 이내 교무실로 들어섰다. 앗! 무슨 일인지 교무실에도 여자아이들이 바글바글했다. 쌍둥이 자매 용관과 용원, 인순, 복순, 순희, 연우, 종남, 영애가 뭔가를 정리하고 있었다. 그러고도 어디선가 달려온 아이들까지 창밖에 매달려 이 놀랄 광경을 넋을 잃고 바라봤다. 아무래도 이 세상엔 여자아이들이 너무 많았다. 왜 여자아이들은 학교가 끝나면 빨리 집에 가지 않는지! 엉엉 울고 싶었다.

하! 이건 또 무슨 날벼락인가! 가는 날이 장날이라더니! 하필, 교무실엔 일명 웃는 몽둥이의 전설, 5학년 담임선생님이 있었다. 반이 하나밖에 없으니 당연히 우리 반 선생님이었다. 웃는 몽둥이는 이미 춤추고 있었다. 경호와 영상, 동일, 찬호가 뭘 잘못했는지 웃는 몽둥이 앞에서 손을 든 채 우리를 쳐다봤다. 혼나던 아이들은 물론 벌을 주던 웃는 몽둥이도 눈이 휘둥그레졌다. 우리 덕분에 혼나던 아이들은 풀려났고, 우리는 곧바로 교무실 한가운데 줄 맞추어 엎드렸다.

서 있는 것이 힘들었던 우리는 차라리 엎드리는 것이 반갑고 마음 편했다. 바닥만 내려다보면 됐으니까. 또 그대로 서 있다가는 단체로 빈혈 증세를 보이며 쓰러질 판이었으니까. 다른 시선은 마음 쓰지 않아도 됐다. 엎드린 지금은 여자아이들이 보거나 말거나 상관없었다. 꼭 도망가는 닭대가리가 된 기분이었다. 닭은 마구 쫓아가면 마구 도망가다가 머리를 어딘가에 처박고 꼼짝 않는다. 머리만 안 보이면 괜찮다는 식이다. 오죽하면 닭대가리라고 할까! 우리 꼴이 딱 닭대가리였음에도 마음은 차라리 편했다. 그런데 어이없게도 조금 전까지 혼나고 있던 놈들마저도 정신없이 킥킥거렸다. 어떤 놈도 우리를 동정하지 않았다. 물론 이해할 수 있었다. 그동안 우리가 다른 아이들을 무시하거나 어린아이 취급했으니 당연한 결과였다. 다른 아이들 처지에선 우리 개티 아이들이 잘난 척했으니 당해도 싸다고 생각할 수 있었다. 그렇지만 우린 몹시 서글펐다.

"죄송합니다. 제가 잘 가르치겠습니다."

선생님이 두꺼비아저씨에게 죄송하다고 말했다. 두꺼비아저씨는 죄송하다는 말, 딱 그 한마디를 듣고는 기세등등하여 교무실에서 빠져나갔다. 그 와중에도 엎드려 있는 우리를 보며 씽긋 웃었다. 아, 악귀! 화가 난 선생님은 기다란 걸레 자루를 손에 들었고 우리의 엉덩이엔 불꽃이 빨갛게 피었다. 매타작이 모두 다 끝났을 때 듬직한 헌신짝이 참았던 울음을 터트렸다. 그러자 도미노가 쓰러지듯 몽상가, 보자기, 문둥이, 꼬룡새, 기울배기, 그리고 나까지 모두 차례대로 울음을 터트렸다. 우리는 결코 아파서 운 것이 아니었다. 그냥 그 상황이 억울하고 창피했다. 무엇보다 그동안 쌓아 올린 개티 아이들이란 명성이 하루아침에 곤두박질친 것이 분했다. 우리는 별안간 개티 조무래기가 되고 말았다.

두꺼비아저씨가 아무리 심술보 괴짜 악당, 악귀, 악마일지라도 꼭 이렇게까지 할 일은 아니었다. 선생님은 뭘 잘했다고 우냐며 울지 말라고 야단쳤다. 그래도 연달아 울자 선생님은 우리에게 다시 엎드리라고 했다. 선생님은 다시 걸레 자루를 손에 잡았지만, 우리가 울음을 그치지 않자 교무실에서 나가버렸다. 그때 교무실 문 옆에 걸린 달력이 눈에 들어왔다. 1979년 4월 19일, 나의 열두 살 생일이었다. 그때 보자기가 손을 들어 반대편 창밖을 가리켰다. 어이없게도 교무실 창문 밖에 있는 살구나무 위에서 녀석이 우리를 지켜보고 있었다. 한순간 모두가 일시에 울음을 뚝! 우리는 그대로 고드름이 됐다. 우리는 집에 가는 길에 두꺼비아저씨는 물론 그 녀석에게도 꼭 복수하겠다고 다짐하며 복수의 칼날을 갈았다. 하지만 나는 왠지 녀석이 두려웠다.

5학년 담임선생님은 키 크고 잘생긴 사람이었는데 손에는 언제나 몽둥이를 들고 있었다. 아이들을 몽둥이로 길들여 보겠다는 사람이었다. 숙제를 안 했거나 시험점수가 나쁘거나 나쁜 짓을 하면 언제나 몽둥이를 들었다. 아이들은 선생님이 심심할 때도 몽둥이를 든다고 믿었다. 마치 때리는 것을 재밌어하는 사람처럼 아이들을 때릴 때마다 항상 웃는 얼굴을 했다. 그래서 별명이 웃는 몽둥이가 됐다. 그만큼 학교 교사는 아이들에게 있어 무서운 존재였다. 또 학부모에게는 어려운 존재였다. 그런데도 두꺼비아저씨가 선생님 앞에서 전과를 올렸으니 당분간 우리는 고달프게 생겼다. 우리를 더 집요하게 괴롭힐 것이 뻔했다. 그것을 직감하면서 단체로 벌거벗은 사건은 일단 마무리됐으나 우리에겐 복수의 칼날을 가는 계기가 됐다. 악마는 싸워서 물리쳐야만 했다.

사실, 가장 큰 피해를 본 것은 메말라 죽은 버드나무 여섯 그루였다. 우리는 죽은 버드나무 앞을 지날 때마다 두 가지 감정을 가졌다. 미안한 마음과 복수의 감정이었다. 그런데 그 이후로 녀석을 볼 수가 없었다. 우리 마을 개티는 물론 시나무니 마을에서도 볼 수 없었다. 학교에서도 수소문했지만, 녀석을 아는 아이는 아무도 없었다. 그러자 보자기는 우리가 단체로 귀신에 홀린 것 같다고 말했다.

그러던 어느 날 하굣길에 아주 놀라운 광경과 맞닥뜨렸다. 녀석이 죽은 버드나무 여섯 그루를 모두 뽑고 같은 자리에 새로운 버드나무를 심고 있었던 거다. 복수심에 불탔던 우리는 그저 넋 놓고 바라만 봤다. 그때 헌신짝이 갑자기 녀석을 도와 나무를 심기 시작했다. 엉겁결에 우리 모두 녀석을 도왔다. 그러다가 우리는 한순간 등골이 오싹했다. 언젠가부터 저쪽에서 두꺼비아저씨가 지켜보고 있었던 거다. 하지만 웬일인지 아무 말도 하지 않았다. 심술보 괴짜 악당도 이 상황이 신기한 모양이었다. 나무를 다 심자 녀석은 추도러니 다리를 건너 우리 마을 쪽으로 걸어 올라갔다. 우리가 쫓아가 말을 붙여볼 여지도 없이 녀석은 빠르게 걸었다.

그날 저녁 우리는 녀석이 누군지 알 수 있었다. 새마을 지도자 아저씨 집에 새로 들어온 아이였다. 지도자 아저씨가 녀석의 엄마와 재혼했던 거다. 공교롭게도 녀석은 우리와 나이가 같았으며 이름은 다소니였다. 이름이 우리와 달리 받침이 하나도 없어서 그런지 왠지 세련됐다는 느낌이 들었다. 그래서 녀석이 도시에서 왔다고 생각했다. 또 공부 좀 할 거라고 생각했다. 하지만 녀석은 내 생각과 달리 학교에 다니지 않았다. 녀석은 여러 가지로 신기한 구석이 많았다.

2

 학교에 다니지 않아서 그랬는지 녀석에 대한 소문은 빨리 돌았다. 소문에 의하면 녀석은 걸음걸이가 매우 빠르며, 날마다 이 산 저 산 여기저기를 탐색하며 다닌다고 했다. 녀석이 빠르다는 것은 우리가 이미 겪어서 알고 있었지만, 이 산 저 산 여기저기를 탐색하며 다닌다는 말은 아주 생소했다. 녀석은 또 높은 나무에 잘 올라간다고 했다. 우리는 학교에 다녀야 했기 때문에 녀석이 나무에 오르는 것을 한 번도 본 적이 없었다. 지난번에 상수리나무에 올라간 것을 봤었지만 그 정도는 개티 아이들도 올라갈 수 있었다. 하여간 녀석은 우리가 모르는 사이에 엄청난 일을 해냈다. 감히 나무 오르기 신기록에 도전한다고 했다. 아무리 생각해도 녀석은 몹시 특이했다. 어느 날 우리는 녀석에게 복수하겠다고 다짐했던 것을 새까맣게 잊고 있다는 사실을 알게 됐지만, 누구도 복수하겠다고 나서지는 않았다. 내가 새롭게 기록할 만한 아이가 우리 마을에 들어온 것이었다. 가슴속에서 휘파람 소리가 들렸다. 호이! 호이!

 토요일 오후 녀석이 미루나무 앞에 섰다. 녀석은 누가 보더라도 삐쩍 마른 부지깽이였다. 너무 가벼워 누군가 녀석 이마에 꿀밤이라도 놓으면 뒤로 발랑 나자빠질 것 같았다. 반면 녀석 앞에 서 있는 미루나무는 높은 산이었다. 녀석이 이 미루나무를 무사히 올라갔다가 내려오기만 한다면 신기록과 함께 새로운 승자가 탄생하게 된다. 마을 사람들은 오랫동안 나무 오르기의 새로운 승자를 기다려 왔다. 최고 기록을 가지고 있는 용필이 형은 대도시로 유학을 떠났다. 유학을 떠나던 날 더는 도전하지 않겠다고 선언했다. 녀석이 성공한다면 2년 만에 기록이 경신되는 거였다. 둥구나무 아래 모인 마을 사람들은 모두가 다 그렇게 믿었다.

그런데 내가 녀석의 등 뒤로 가까이 다가갔을 때 녀석은 어이없게도 하늘을 날자고 중얼거렸다. 하늘을 날겠다니! 몹시 당황스러웠으나 설마 했다. 저 높은 나무 위에서 하늘을 날 거라고는 생각하지 않았다. 둘레를 둘러보자 마을 사람들은 모두 숨죽이고 서서 녀석이 첫발 내딛는 순간을 기다렸다. 녀석의 표정이 궁금해 얼굴을 바라볼 수 있는 곳으로 자리를 옮겼다. 하지만 여전히 긴 머리카락에 가려 있어 어떤 얼굴을 하고 있는지는 알 수 없었다.

처음에 개티 아이들은 다소니를 녀석이라고 불렀다. 녀석이 우리 마을에 들어온 것은 열흘 전이었다. 그러니까 불과 열흘 만에 우리 마을에 있는 나무를 모두 정복하고 이제 마지막으로 나무 오르기 승자에 도전하는 것이었다. 둥구나무와 미루나무는 마을회관 앞에 있었는데 작은 도랑을 사이에 두고 서로 마주 보고 있었다. 둥구나무는 우리 마을에서 둘레가 가장 굵은 나무였고 미루나무는 우리 마을에서 가장 키가 큰 나무였다. 아이들뿐 아니라 어른들도 이 두 나무를 자랑스러워했다. 미루나무는 하늘을 향해 함성이라도 지르듯 쭉쭉 뻗어 올라갔다. 녀석이 드디어 고개를 쳐들고 미루나무 꼭대기를 올려다봤다. 쪽빛 하늘에서 파릇파릇한 이파리들이 따스한 봄햇살과 함께 반짝거렸다. 녀석이 허리를 곧게 펴자 긴 머리카락이 바람에 날렸다. 그 순간 녀석의 눈빛을 제대로 볼 수 있었다. 지난번엔 눈빛이 먹이를 찾는 들짐승처럼 날카롭다고 생각했는데, 지금은 둘레를 살피는 매의 눈빛처럼 초롱초롱했다. 말라깽이 녀석은 금방이라도 쓰러질 것처럼 허약해 보였으나 누구보다 당당했다. 괜히 내 가슴이 두근두근 뛰기 시작했다.

녀석이 갑자기 타잔 흉내라도 내듯 웃통을 벗어 던졌다. 에구! 벗지 않는 것이 좋을 뻔했다. 옷을 벗자 삐쩍 마른 몸뚱이가 더 말라보였다. 마을 사람들이 녀석의 말라빠진 몸뚱이를 보고 비웃지는 않았지만, 여기저기에서 한숨 소리가 흘러나왔다. 그런데 녀석이 나무 밑동에 손을 대자 놀라운 일이 벌어졌다. 내가 다시 녀석에게 가까이 다가갔을 때 녀석의 날갯죽지가 꿈틀거리기 시작했다. 곧이어 말라붙은 근육들이 팽팽하게 올라왔다. 맨살 위로 불쑥 튀어나와 흉측하게 보였지만 뜻밖의 강인함이 느껴졌다. 녀석이 나무를 부여잡고 첫발을 나무 밑동에 걸쳤을 때 날갯죽지가 또다시 꿈틀댔다. 날갯죽지에서부터 불쑥 튀어나온 근육은 어깨와 등줄기로 이어졌다. 어깨로 이어진 근육은 양쪽 팔을 불끈불끈하게 하더니 열 개의 손가락으로 이어졌고, 등줄기로 이어진 근육은 허리와 복부를 감싸고돌더니 허벅지와 종아리를 지나 열 개의 발가락과 연결됐다. 녀석은 신발 따위는 필요 없는 듯 맨발이었다. 녀석은 짧은 반바지만 걸친 채 맨몸으로 나무에 오르기 시작했다.

 나무에 달라붙은 녀석은 거침없이 올라갔다. 용을 쓰며 올라가던 용필이 형과는 확연히 달랐다. 마치 원숭이처럼 손쉽게 올라갔다. 몸이 너무 가벼워 보였다. 마을 사람들은 숨죽이고 가슴을 졸이며 점점 작아지고 있는 녀석을 올려다봤다. 녀석이 미루나무 꼭대기에 다다랐을 때 바람이 불자 파릇파릇한 이파리들이 파르르 떨었다. 너무 높은 곳에 있어 정확히는 알 수 없었지만, 녀석은 긴장한 근육들을 이완시키며 잠시 휴식하는 것 같았다. 이제 무사히 내려오기만 하면 새로운 승자가 탄생하는 순간이었다. 재빨리 노트에 녀석의 모습을 그렸다. 나는 많은 이야기를 수집하고 기록으로 남기는 것을 좋아했다. 이런 순간은 당연히 기록으로 남겨야 했다. 아이들은 이런 나를 이야기 수집가라고 불렀다.

 잠시 후, 녀석이 나뭇가지 위에 올라서자 나뭇가지가 아래로 휘었다. 녀석은 승리를 자축하듯 줄 타는 광대처럼 팔을 벌렸다. 그제야 마을 사람들의 환호성이 나무 꼭대기를 향해 날아 올라갔다. 고대하던 신기록은 이렇게 순식간에 세워졌다. 용필이 형의 기록보다 더 높은 곳에 녀석이 있었다. 물론 나도 녀석에게 아낌없이 박수를 보냈으며, 녀석이라고 불렀던 것을 후회했다. 이제 다소니라는 이름을 불러주자고 마음먹었다.

 하지만 뭔가 이상했다. 다소니는 나뭇가지 위에서 잠시 정지 자세를 취하더니 무릎을 굽혔다가 폈다. 다시 또 무릎을 굽혔다가 폈다. 그 동작을 연달아 반복했다. 순간, 다소니가 나무에 오르기 전에 중얼거렸던 말이 귓가에 울렸다. 녀석은 분명 하늘을 날자고 했었다. 그렇다면 아까 말렸어야 했는지도 몰랐다. 지난번 단체로 벌거벗은 사건에 이어 또다시 내가 실수했다. 그때처럼 예감이 좋지 않았다. 다소니는 나뭇가지의 반동을 이용하여 탄성력을 서서히 높여갔다. 그렇게 오르락내리락하며 온몸으로 바람을 탔다. 그러다가 날개를 펴듯 두 팔을 내렸다가 다시 들어 올렸다. 두 개의 발은 마치 매의 발톱처럼 나뭇가지를 꼭 쥐고 있는 듯했다. 날아오르기 직전의 따오기 같았다. 도무지 믿기지 않아 눈을 감았다가 떴다. 지금 다소니는 중력 따위는 아예 무시하고 있는 것처럼 보였다. 마을 사람들은 모두 숨죽이고 다소니를 바라봤다. 그러다가 누군가 세 사람이 거의 동시에 외쳤다.
"왜 저러지? 저건 새다. 날기라도 하겠다는 건가?"

 잠시 웅성거리다가 일시에 모두 조용했다. 너무 당황했는지 그러면 안 된다고 소리치는 사람은 아무도 없었다. 다소니는 마치 따오기가 날개를 펴듯 두 팔을 들어 올리더니 다리를 접었다가 재빠르게 폈다. 순간 내가 안 된다고 소리쳤으나 다소니는 날아올랐다. 앗! 날아오른 순간, 나뭇가지가 우두둑 부러지는 소리가 났고 동시에 다소니의 두 발이 미끄러진 듯했다.
 어! 어! 마을 사람들은 다시 웅성거렸다. 다소니는 간신히 나뭇가지를 붙잡았다. 그러자 마을 사람들 모두 안도의 한숨을 내쉬었다. 만약 다소니가 날아올랐다면 무슨 일이 벌어졌을지 상상만 해도 끔찍했다. 다소니 처지에서 생각해 보면 미루나무의 형편없는 탄성력을 계산하지 않았던 모양이었다. 미루나무는 허우대만 멀쩡했지, 탄성력은 좋지 않았다. 원래가 강풍이 불 때마다 가지 한두 개는 그냥 버렸다. 그러니까 미루나무는 자신의 뿌리가 강풍에 맞서 자신의 덩치를 감당해 낼 수 없다는 것을 잘 알고 있는 듯했다. 그래서 강풍이 불어오면 가지는 버릴망정 뿌리는 뽑힐 수 없다는 계산으로 형편없는 탄성력을 가진 모양이었다. 결국, 다소니는 미루나무의 형편

없는 탄성력 때문에 살았다.

  하지만 다소니에게 또 다른 문제가 있어 보였다. 미루나무에 매달린 다소니가 한참 동안 움직이지 않았다. 마을 사람들이 빨리 내려오라고 소리쳤으나 다소니는 움직이지 않았다. 그때 대머리 아저씨와 꼬챙이 아저씨가 앞으로 나섰다.

"다들 조용히 해봐."

"저거 매미가 됐네."

"그래, 매미가 됐어."

"걸렸다. 걸렸어!"

"저러면 저거."

"몸이 말을 안 들어."

"일 났어."

  두 아저씨는 다소니가 너무 놀라 몸이 굳은 것 같다고 했다. 나무 위에서 몸이 굳으면 몸이 말을 듣지 않는다고 했다. 마을 사람들은 발만 동동거릴 뿐 누구도 나서지 않았다. 주위를 둘러봤으나 이 상황을 해결할 사람이 없었다.

  바로 그때, 밧줄을 허리에 찬 누군가 홀연히 나타나더니 미루나무에 올라가기 시작했다. 꽤 다부진 몸을 가진 누군가는 얼핏 보아 덩치가 컸는데 우리보다 서너 살 더 많아 보였다. 웅성대던 마을 사람들은 이제 나무에 오르고 있는 누군가에게 주목했다. 마을 사람들의 표정을 보기 위해 둥구나무 둘레를 둘러보다가 처음 보는 할아버지를 발견했다. 고개를 숙인 채 둥구나무 아래 의자에 앉아있었다. 봇짐 하나 달랑 짊어진 할아버지의 행색은 단출하고 궁핍했다. 할아버지 옆에 봇짐이 하나 더 있었다. 그렇다면 두 사람은 우리가 모르는 사이에 방금 우리 마을로 들어선 모양이었다.

그때 지도자 아저씨와 다소니 엄마가 뒤늦게 달려왔다. 다소니 엄마는 나뭇가지에 매달린 다소니와 점점 작아지고 있는 누군가를 번갈아 올려다봤다. 누군가도 다소니처럼 거침없이 올라가더니 다소니가 있는 곳에 다다랐다. 그때 보자기가 신기록이 다시 깨졌다고 외쳤으나 나 말고는 누구도 동의하지 않았다. 모두 다소니를 걱정할 뿐이었다. 보자기는 항상 행동보다 말이 앞서는 친구였다.

저 위에서 다소니와 누군가가 어떤 대화를 나누고 있는지는 알 수 없었다. 다만, 미루나무 꼭대기를 올려다보고 있는 개티 아이들의 표정엔 놀라움이 가득했다. 물론 나도 마찬가지였다. 저 위에 있는 둘은 도대체 누군지, 또 무슨 이야기를 나누고 있는지 몹시 궁금했다.

다행히 삼십여 분을 나무에 매달려 있던 다소니는 누군가의 등에 업혀 무사히 내려왔다. 다소니 엄마가 다소니를 안았다. 마을 사람들이 다소니를 걱정하는 사이에 누군가는 둥구나무 밑에 앉아있던 할아버지와 함께 사라졌다. 다소니가 무사한 것을 확인한 마을 사람들은 그제야 환호하기 시작했다. 그러나 누군가는 이미 뒷골로 향하는 골목 모퉁이 저쪽으로 돌아갔다. 그때 다소니가 걸었는데 왠지 몹시 불안하고 어색해 보였다. 마치 걷는 방법을 잊어버리기라도 했는지 어린아이가 생애 첫발을 내딛는 것만 같았다. 아마도 미루나무 꼭대기에서 걷는 방법을 잊어버렸나 보다. 그렇다면 다소니가 정말 하늘을 날았다는 건가! 마을 사람들은 아이가 너무 놀란 것 같다고 했다. 다소니가 결국 주저앉자 뒤에서 말없이 지켜보고 있던 지도자 아저씨가 다소니를 번쩍 들어 안고 집으로 갔다.

다소니를 다시 본 것은 이튿날 늦은 오후였다. 오전에 다소니 집에 갔었을 때, 다소니는 자고 있었다. 다소니가 어제 오후부터 연달아 잔 것이라면 이십사 시간을 넘게 잤다는 얘기였다. 정말 이상한 아이였다. 사실 다소니는 처음부터 모든 것이 이상했다. 또 하나 이상한 것은 다소니 친아빠에 관한 이야기였다. 다소니 친아빠는 수의사였으며 농약과 돌연변이 짐승에 관심이 많았다고 했다. 안타깝게도 다소니가 태어나기도 전에 산 짐승을 연구한다며 산에 갔다가 사고로 죽었다고 했다. 자세한 이야기가 궁금했으나 더는 알아볼 방법이 없었다. 어떤 어른도 어린 나에게 어른들 이야기를 친절하게 설명해 주지 않았다.

뒷골 입구엔 예전에 예배당으로 사용했던 빈집이 있었다. 아랫마을 팔풍정에 큰 교회가 생긴 이후 빈집이 됐다고 했다. 누군가와 할아버지는 그 집에서 살았다. 알고 보니 할아버지는 누군가의 늙은 아버지라고 했다. 이것은 좀 부끄러운 고백이지만 나는 누군가가 미루나무에 오르는 첫 순간부터 홀딱 반했다. 누군가는 개티 아이들의 호기심을 자극하기에 충분했다. 어느 날 늙은 아버지가 누군가를 몬돌이라고 부르는 것을 알게 된 후, 우리는 누군가를 몬돌이 형이라고 불렀다. 몬돌이 형은 우리 마을 형들과는 매우 달랐다. 특이하게도 다소니처럼 학교에 다니지 않았고 누구도 정확한 나이와 본명을 알지 못했다. 한마디로 유령이었다.

어쨌거나 개티 아이들은 드디어 진정한 영웅을 만난 것이었다. 몬돌이 형은 나무에도 잘 오르고 힘도 세고 누구보다 빨랐음에도 잘난 척하지 않았다. 순식간에 개티 아이들의 영웅이 됐고 대장이 됐다. 대장이 될 자격이 충분했다. 특이한 것은 몬돌대장도 다소니처럼 마을 여기저기를 탐색하고 다녔다. 또한, 우리 마을에 있는 나무와 개울과 바위를 자유자재로 이용할 줄 알았다. 엄마 뱃속부터 12년을 이 마을에서 살아온 개티 아이들보다 더 개티 아이들처럼 행동했다.

다만, 우리의 영웅 몬돌대장에게는 이상한 점이 한 가지 있었다. 특별한 이유 없이 어른과는 이야기를 나누지 않았다. 어른들이 무엇을 물어도 절대 대꾸하지 않았다. 그래서 화가 치민 어른들은 대장을 두고 벙어리 같은 놈이라고 했다.

누가 뭐라거나 말거나 내 관심사는 온통 다소니와 몬돌대장이었다. 둘 다 학교에 다니지 않았으며 어른과 친하지 않다는 공통점이 있었지만 둘은 아주 달랐다. 대장은 우리와 친숙하게 지냈으나 다소니는 항상 혼자 다녔다. 또 대장의 눈빛은 착하면서도 강직했고 다소니의 눈빛은 여전히 날카로웠다. 이상하게도 다소니는 우리에게 전혀 관심이 없었다. 어쨌든 무엇보다 중요한 사실은 우리 개티 아이들에게 드디어 진정한 대장이 생겼다는 사실이었다. 우리는 만장일치로 몬돌이 형을 대장으로 삼았다.

3

대장은 수렵과 사냥을 좋아했으며 늘 새로운 것을 우리와 함께하려고 했다. 어느 날 미꾸라지를 잡는다며 한밤중에 집합 명령을 내렸다. 단 십 분 만에 마을 어귀에 있는 둥구나무 아래로 일곱 명의 아이가 모였다. 몽상가와 보자기, 기울배기,

그리고 내가 솜방망이로 만든 횃불을 들었고 꼬룡새와 헌신짝, 문둥이, 대장은 시퍼렇게 날 선 톱을 들었다. 횃불과 톱을 들어서 그런지 우리는 괜히 기세등등하여 시끌벅적 안산 다리 밑으로 갔다.

마을 앞을 흐르는 개울물은 윗개티 골짜기에서 발원하여 장만지 폭포를 지나고 몇 개의 골짜기에서 흘러나온 개울물과 합류한 후 너금배 마을을 관통했다. 그런 다음 한동안 흘러내리다가 안산할아버지네 토란밭을 끼고 돌아 흘러내린 후 안산 다리를 지났다. 그 이후엔 수영장, 추도러니 다리, 개바위, 시나무니 마을, 팔풍정 마을, 학교 옆을 휘돌아 저 아래 큰물을 향해 흘렀다.

안산 다리에 도착하자 대장이 조용히 하라고 했다. 다리 밑에서 횃불을 든 아이들이 물속의 모랫바닥을 비추었다. 커다란 미꾸라지가 잠자고 있었다. 대장은 톱날의 뒤쪽을 아래로 향하게 들더니 곧바로 퍽 하고 내리쳤다. 대장의 동작은 군더더기 없이 깔끔했고 단호했으며 정확했다. 잠시 후 핏물 섞인 흙탕물 속에서 미꾸라지가 둥실 떠올랐다. 대가리가 무참하게 부서져 있었다. 우와~, 순간 부하들은 두 눈을 휘둥그레 떴다.

대장은 독특하게도 번호를 붙여가며 주의할 점을 간략하게 설명했다. 1번, 개울물이 얕은 곳에서 잡는다. 2번, 톱의 뒷날로 일순간에 내리쳐야 한다. 3번, 조용히 다녀야 한다. 이윽고 횃불을 든 아이와 톱을 든 아이가 2인 1조 한 쌍이 되어 미꾸라지를 잡았다. 조용한 가운데 여기저기에서 퍽퍽 소리가 났다. 부하 중 손재주가 좋은 헌신짝이 제일 먼저 소리쳤고 이에 질세라 다른 아이들도 연달아 소리쳤다. 대장! 잡았어! 나도! 나도! 그날 밤 아이들은 모두 밤에 미꾸라지 잡는 방법을 터득했다.

대장은 마치 부족 시대의 부족장 같았는데 한 번은 개울물을 통째로 가로막고는 물길을 우회로 돌려놓은 다음, 보에 고인 물을 모두 품어내더니 커다란 뱀장어를 잡았다. 그날 대장은 겨울이 오면 토끼몰이 사냥을 하자고 약속했다. 몬돌이라는 이름도 왠지 부족장과 꽤 잘 어울렸다.

대장은 전투에도 능해서 군대놀이에도 열중했다. 우리는 몬돌대장이 생긴 이후 결전의 날을 손꼽아 기다렸고 드디어 그날이 왔다. 마을 대 마을, 개티와 뒷말의 전투가 있었다. 몬돌이 형이 대장으로 취임한 이후 첫 번째 전투였다. 그동안엔 개티와 뒷말이 쫓고 쫓기는 막상막하의 전투를 했었다. 그런데 대장은 이유 없이 반복되고 있는 이 전쟁을 단 한 번에 끝내자고 했다. 대장은 듣도 보도 못한 새로운 전략을 부하들에게 설명했다. 대장은 몽상가와 함께 적의 뒤를 돌아 잠복한다고 했다. 놀랍게도 적의 대장을 생포해서 항복을 받아낼 거라고 했다.

평소였다면 통솔력을 가진 몽상가가 임시 대장이었지만, 그날은 보자기가 임시 대장이었다. 보자기는 왜소했으나 연기력이 뛰어났고 임기응변에 능했다. 왜소해 보이는 임시 대장이 필요했다. 보자기는 부하들을 데리고 산 고개를 넘었다. 산 고개에서 두꺼비아저씨를 만났다. 두꺼비아저씨는 손에 칼을 든 우리를 쭉 훑어봤다. 우리는 무슨 엉뚱한 꼬투리라도 잡힐까 봐 노심초사했다. 약속 시각에 늦으면 항복한 것과 똑같기 때문이었다. 두꺼비아저씨는 뭐가 못마땅한지 고개를 내젓더니 놀랍게도 이렇게 말했다.

"전쟁은 대장이 똑똑해야 이기는 거다."

우리는 의외의 말에 모두 두꺼비아저씨를 쳐다봤다. 우리에게 관심을 보인 게 처음이었던 거다. 하지만 이내 다시 고개를 내젓고는 가던 길을 갔다.

고개를 넘어서자 묘지가 여러 개 있는 넓은 공터가 나왔다. 아이들은 이곳을 묘판장이라고 불렀다. 뒷말 병사들이 기다리고 있었다. 뒷말 병사들의 수가 개티 병사보다 셋이나 많았다. 자세히 보니 그중에 둘은 팔풍정에 사는 장관과 재석이었다. 다른 마을 아이들까지 영입한 걸 보면 꼭 승리하고 싶은 모양이었다.

뒷말 병사들의 대장은 이빨 타잔이었다. 이빨 타잔의 이름은 성기인데 줄타기를 좋아했다. 어느 날 타잔 놀이를 하다가 줄에서 떨어져 앞니 두 개가 부러졌다. 그날부터 아이들은 성기를 이빨 타잔이라고 불렀다. 이마에 기다란 흉터가 있었으며 어디서 구했는지 선글라스를 끼고 있었다. 이빨 타잔이 개티 병사들을 보더니 의아한 표정을 지었다. 적 진영에 대장 노릇을 하던 몽상가가 없었기 때문이었다. 적 진영에 대장이 없자 이빨 타잔은 가소롭다는 듯이 피식 웃었다. 임시 대장 보자기는 대장이 미리 지시한 대로 했다. 기가 한풀 꺾인 것처럼 작은 목소리로 부하들을 일렬로 세우고는 나무칼을 뽑아 들고 한발 물러서서 기다리도록 했다. 이 광경을 보고 긴장이 풀린 이빨 타잔은 이것저것 마음 쓰지 않았다. 부하들을 전투에 내보내고 자기는 뒤에서 구경했다. 신기하게도 대장이 예상한 그대로였다.

 양쪽의 칼날이 맞부딪치려는 순간 이빨 타잔의 턱 밑으로 대장의 칼날이 들어갔다. 곧바로 몽상가가 이빨 타잔의 두 손을 뒤에서 움켜잡자 꼼짝 못 했다. 겁을 잔뜩 집어먹은 이빨 타잔은 부하들에게 칼을 내려놓도록 명령했다. 뒷말 병사들은 어쩔 수 없이 무기를 내려놓았다. 대장은 이빨 타잔에게서 영원한 항복을 받아내고는 선글라스를 항복의 증표로 받았다. 또 대장은 손에 침을 묻혀 이빨 타잔의 얼굴에 있는 흉터를 지웠다. 우습게도 흉터는 숯덩이로 그린 것이었다. 개티 병사도 뒷말 병사도 모두 깔깔깔 웃어댔다. 개티 병사들은 뒷말 병사들의 무기를 모두 압수했고 뒷말 병사들은 항복을 맹세하고는 물러갔다. 언제부터 시작됐는지 정확히 알 수 없는 이 전쟁은 드디어 끝났다. 대장이 우리 마을에 들어온 지 불과 달포만이었다. 우리에게 몬돌대장이 있는 한, 두 번 다시 전쟁은 없을 것 같았다.

이날의 승리는 학교에서도 개티 아이들을 더 기세등등하게 했다. 전투에 임했던 팔풍정 아이들이 소문을 냈는데 개티 아이들에겐 엄청난 대장이 있다고 했다. 뒷말 아이들은 억울했겠으나 개티 아이들은 좋았다. 무엇보다 단체로 벌거벗었던 일로 인해 땅바닥까지 추락했던 개티 아이들의 명성을 다시 회복할 수 있어 좋았다. 그러나 대장은 평화를 누리고만 있지 않았다. 대장은 뭔가를 끊임없이 우리 부하들과 함께함으로써 부하들의 충성심을 유지하려고 했다. 대장은 더욱더 어마어마한 엄청난 계획을 짰다. 그것도 무시무시한 무당집과 관련된.

대장이 우리 마을에 온 이후 많은 일이 있었으나 다소니는 여전히 우리와 어울리지 않았다. 늘 혼자 다녔는데 도대체 뭘 하고 다니는지 궁금했다. 한번은 다소니가 잠자리 잡는 것을 가까이에서 봤다. 정확히 말하자면 잠자리를 잡는 과정을 봤다. 과정이 뭔가 과학적이라는 생각이 들었다. 잠자리 한 마리가 나뭇가지에 앉아 은빛 날개를 반짝였다. 다소니는 일 미터쯤 앞에서 잠자리와 정면으로 마주 서더니 검지를 펴고는 허공에 원을 그렸다. 원을 점점 작게 그리며 잠자리에게 서서히 다가갔다. 그러자 잠자리가 최면이라도 걸린 듯 날개를 축 늘어뜨렸다. 순간 다소니가 날개를 살며시 잡았다. 그런데도 잠자리는 깊은 잠에 빠졌는지 자기가 잡혔다는 것도 모르는 것 같았다. 다소니는 알면 알수록 신기했다. 사람들이 왜 다소니가 탐색하며 다닌다고 말했는지 알 수 있었다.

 개티 아이들은 대장이 생기자 좀 더 조직적인 군대를 원했다. 하지만 전쟁이 끝나고 평화가 찾아오자 부하들은 무료했다. 대장은 전쟁을 끝낸 것을 잘했다고 생각하는 것 같았으나 막상 부하들이 심심해하자 후회하는 눈치였다. 대장 놀이를 계속하려면 밤에 미꾸라지 잡는 방법과 같은 뭔가 더 보여줄 것이 필요했다. 그러던 어느 날 대장은 우리가 전혀 상상하지 못한 일을 찾아냈다. 새로운 군대를 위해 뭔가를 계획했다며 부하들을 산지장골 입구에 집합시켰다. 산지장골은 개티 마을 동쪽에 있는 골짜기로 개티와 뒷말의 경계선에 있었다. 경계선에서 골짜기 안으로 더 깊이 들어가면 골짜기 끝에 아주 오래된 무당집이 있다고 했다. 부하들은 말만 들었을 뿐 누구도 가본 적이 없었다.

  그날 날씨는 참으로 수상했다. 바람이 미친 듯이 사방팔방에서 불어와 또 사방팔방으로 흩어졌다. 바람이 미쳤다고 생각한 것은 파란 하늘 때문이었다. 하늘은 어수선한 지상과 달리 온통 파랬으며 티끌 한 점 없었다. 우리는 설마 했으나 대장은 겁먹은 부하들을 데리고 낯설고 음산한 길을 따라 산길로 들어섰다. 산등성을 타고 얼마쯤 오르자 길이 두 갈래로 갈라졌다. 왼쪽 길은 산 정상으로 올라가는 길이었고, 오른쪽 길은 골짜기 안에 있는 무당집으로 가는 길이었다. 설마 했으나 대장이 오른쪽 길로 들어섰다. 우리 부하들은 이 동네에 살면서 단 한 번도 가보지 않은 길이었다. 부하들은 일제히 멈춰 섰다. 바람은 여전히 사방팔방 불었다. 불어오는 방향도 불어가는 방향도 불규칙했다. 그러나 날뛰는 바람보다 맑은 하늘이 오히려 더 꺼림칙했다. 그때 뭔가 수상하던 파란 하늘 한가운데에 하마 모양을 한 손바닥 크기의 구름이 나타나더니 꿈틀거렸다. 하마 구름은 금세 자라나 쟁반만큼 커졌다. 내가 하마 구름이 자꾸만 자라난다고 말했지만, 대장은 개의치 않고 앞으로 나아갔다. 우리는 어쩔 수 없이 대장을 따라갔다.

  그나마 좁은 길을 나뭇가지들이 가로막았다. 사람들이 오랫동안 오지 않아서인지 길은 없는 거나 다름없었다. 대장은 낫으로 나뭇가지를 찍어내며 앞으로 나아갔다. 나아가다 보니 막다른 길 끝에 삼백 년 묵었다는 커다란 팽나무가 나타났다. 말로만 들었던 팽나무와 처음으로 마주했다. 사람들 말로는 둥구나무와 왕소나무에 이어 개티에선 세 번째로 오래된 나무라고 했다. 그 분위기가 위풍당당하면서도 뭔가 음산했다.

거인 괴물 같은 팽나무는 금방이라도 나뭇가지를 뻗어 내려 우리를 덮칠 기세였다. 바람은 여전히 미쳐 날뛰며 팽나무 가지를 흔들었다. 팽나무 가지 끝에 낡아빠진 흉가가 을씨년스럽게도 괴기한 소리를 내며 삐딱하게 서 있었다. 역시 말로만 들었던 무당집이 칡넝쿨에 뒤덮인 채 눈앞에 있었다. 나뭇가지에 매달린 무당 옷이 목멘 귀신처럼 흔들거리자 흉가 뒤쪽에서 상쇠 방울 소리가 쏘렁쏘렁 또렷하게 들려왔다. 마치 무당 옷이 상쇠 방울 소리를 부르는 듯했다.

마을에 전해 내려오는 이야기에 따르면 우리 마을에 예배당이 처음 들어왔을 때 마을 사람들은 무당과 예배당 사이에서 오락가락했다. 시간이 흐르고 결국엔 마을 사람들이 대부분 예배당 사람이 되자 무당은 자의 반 타의 반으로 쫓겨났다. 이후 무당집은 수십 년 동안 마을 사람들에게서 잊혔다. 그사이에 골짜기는 원시림이 됐고, 또 그사이에 아이들은 자라서 어른이 됐다. 그렇게 자란 어른들은 철저히 예배당 사람들이었다. 예배당 사람들은 이곳 무당집과 관련된 무시무시한 전설을 만들었다. 누구는 무당이 죽었는데 여우로 환생했다고 했고, 누구는 무당이 문둥병에 걸려 죽었다고 했고, 또 누구는 환생한 여우가 또다시 사람이 되기 위해 아이들을 잡아다가 삶아 먹는다고 했다. 또 누구는 동굴이 하나 있는데 그곳에 사람의 혼을 빨아먹는 괴물 박쥐가 산다고도 했다. 새롭게 태어난 우리는 이런 이야기를 들으며 자랐고 누구도 감히 이곳에 올 생각을 하지 않았다. 몇 해 전에 잠깐 새로운 무당이 살았다는 소문도 있었다. 그 소문에 의하면 먼저 있던 무당에게 딸이 하나 있었는데 그 딸도 무당 노릇을 하다가 병이 들자 요양차 서너 해 다녀갔다고 했다. 하지만 무당을 직접 만났다는 사람은 아무도 없었다.

외지에서 들어온 대장은 이런 이야기엔 아예 마음 쓰지 않았다. 그렇더라도 대장 또한 이곳엔 처음 왔을 텐데 지나치게 태연했다. 반면 부하들은 무섭다 못해 머리털이 곤두섰다. 어디선가 유령이 불쑥 튀어나올 것만 같았다. 부하들의 시뻘건 눈동자는 금방이라도 튀어나올 듯 커졌다. 겁먹은 부하들은 그냥 이대로 돌아서서 마을로 내려가고 싶었지만, 대장은 전혀 그럴 기색이 아니었다. 누구도 해보지 못한 것을 함으로써 대장으로서의 위엄을 부하들에게 보여주고 싶었는지도 몰랐다. 어쨌든 부하들은 무조건 대장을 믿었다. 부하들은 대장을 따라 흉가 앞에 당당히 섰다. 아니, 생각은 당당하고 싶었으나 그 모습들은 너 나 할 것 없이 덜덜 떨었다. 나와 기울배기는 아까부터 수시로 하늘을 올려다봤다. 아무래도 하늘이 수상했다. 하마 구름이 자꾸만 자라나더니 이젠 우리 마을을 다 덮을 만큼 커졌다. 기울배기가 팔을 들어 하늘을 가리키며 대장에게 말했다.

"대장! 아무래도 하늘이 이상해. 우리 그냥 내려가는 게 좋지 않을까?"

부하들이 모두 기울배기의 말에 동조하며 고개를 끄덕였으나 대장은 못 들은 척했다. 대장은 오히려 어른들은 다 거짓말쟁이라며 이곳엔 아무것도 없다고 했다. 대장이 단호하게 말하자 아이들은 누구도 토를 달지 않았다. 대장이 번호를 붙여 부하들에게 말했다. 1번, 앞으로 이곳이 우리 아지트다. 2번……. 대장은 뭔가를 말하려다 말고 부하들 얼굴을 살폈다. 아지트라는 말에 부하들이 이미 일제히 얼어붙었던 거다. 그러니까 대장은 하필 이곳에 아지트를 만들 계획이었다. 대장은 부하들이 벌벌 떨자 몹시 실망스러운 눈치였다.

대장은 일부러 강한 모습을 보여주고 싶었던지 갑자기 앞으로 나아가더니 문고리를 잡고 문을 활짝 열어젖혔다. 그러자 문짝이 삐걱거리다가 툭 떨어져 나갔다. 대장은 대수롭지 않다는 듯 방 안으로 훌쩍 들어섰다. 아이들은 대장 뒤를 바짝 따랐다. 바람도 아이들을 따라 방 안으로 들어섰다. 먼지가 날리더니 방 안에 있던 기괴한 것들이 바람에 맞서 우는소리를 냈다. 무당 칼, 상쇠 방울, 부적들이 천정에 주렁주렁 매달린 채 울었다. 벽면에 붙어 있는 신령님들 그림 속에서는 칼을 입에 문 귀신이나 구미호가 불쑥 튀어나올 것만 같았다. 부하들은 서로의 옷자락을 움켜잡았다. 하지만 대장은 머뭇거리지 않았다. 대강 걸쳐있는 뒷문을 발로 걸어차자 문짝이 보기 좋게 나가떨어졌다. 아이들은 재빨리 대장을 따라 뒷마당으로 나갔다. 뒷마당엔 팽나무 가지가 땅바닥에까지 뻗어 내려와 있었다. 그 뒤로 절벽이 있었고 절벽 맨 밑엔 소문대로 동굴이 있었다. 동굴 입구는 억새로 엮어 만든 낡은 발이 가로막고 있었다. 그 발 틈새로 차가운 바람이 쏘렁쏘렁 방울 소리와 함께 흘러나왔다. 보자기가 덜덜 떨며 작은 소리로 속삭이듯 말했다.

"저 동굴 속에 사람의 혼을 빨아먹는 괴물 박쥐가 산다고 했어."

대장이 억새 발을 잡고 힘주어 잡아당기자 억새 발이 우르르 쏟아졌다. 바람을 등에 업은 햇살이 먼지와 부딪히며 스멀스멀 동굴 안으로 기어들어 갔다. 그 순간 동굴 안 어딘가에서 박쥐 서너 마리가 아이들을 향해 날아왔다. 아이들은 비명을 지르며 뒤로 발랑 나자빠졌다. 박쥐가 분명했으나 괴물 같지는 않았다. 그런데 저만치 앞에 있는 대장은 아무런 말도 없이 얼음기둥처럼 움직이지 않았다. 그때 동굴 안에서 어떤 형상이 서서히 드러났다. 동굴 안에 사람 형상을 한 해골이 무당옷을 입고 누워있었다. 꼬룡새가 소리쳤다. 저거 무당이다! 무당이 죽어있어!

우리는 누가 먼저랄 것도 없이 일제히 후다닥 뛰었다. 바람이 불자 거대한 팽나무가 우리 뒤꽁무니를 삼키려는 듯 몸을 떨었다. 귀신에 홀린 것 같은 바람 역시 우리의 뒤꽁무니를 물고 뒤따라왔다. 한순간 하늘을 올려다보자 구름은 이제 바다만큼 커져서 파란 하늘이 거의 보이지 않았다. 구름은 여전히 파도치듯 꿈틀거렸다. 가시덤불도 돌부리도 우리의 달음박질을 막지 못했다. 다만, 우리의 종아리와 무릎, 팔뚝에 거침없이 상처를 냈다. 산지장골에서 뛰어 내려오는 우리를 아주머니들이 봤다. 아주머니들은 윗샴 빨래터에서 빨래하던 중이었다. 누군가 우리를 불러 세우자 보자기가 말했다. 무당집에 무당이 죽어있어요!

우리는 여기저기 찢기고 할퀴고 깨져있었다. 우리를 살피던 이장 아저씨네 아주머니가 걱정스러운 표정으로 물었다.

"혹시, 거기에 누가 남아있니?"

그제야 우리는 서로를 살폈다. 아이들 모두 얼굴이 새파랗게 질려 있었다. 헌신짝이 말했다.

"몬돌이 형이 남아있나 봐요."

얼마 후 아저씨들이 무당집으로 올라갔고 그 이후에 대장이 내려왔다. 어른들이 하는 말에 의하면 마을 사람들은 죽은 무당을 놓고 망설였다. 대부분 예배당 사람이었기 때문이었다. 그때 마을의 어른인 안산할아버지가 마을 사람들을 설득했다. 죽은 무당이 한을 품고 아이들에게 해코지할지도 모르니 잘 생각하라고 했다. 그제야 마을 사람들은 죽은 무당의 유골을 잘 수습해서 산지장골 봉우리 양지바른 곳에 묻고 무덤을 만들었다.

4

대장은 여러 날이 지나도 집 밖으로 나오지 않았다. 어른들이 찾아갔을 때 대장은 이부자리에 누워있었다고 했다. 어른들은 누워있는 대장에게 이제 더는 아이들을 선동하지 말라고 했고, 또다시 아이들을 데리고 다니면 마을에서 쫓아내겠다고도 했다. 마을 사람들은 대장의 늙은 아버지에게도 신신당부했다. 대장을 벙어리 같은 놈이라고 말하던 어른들은 이제 대장을 귀신같은 놈이라고 했다. 동굴 앞에서 얼음기둥처럼 서 있던 대장을 보고는 그렇게 말했다. 대장은 죽은 무당의 해골을 보고도 놀라지도 도망가지도 않았다고 했다. 또 어른들은 우리에게 몬돌이 형이 나쁜 아이라고 했으며, 우리가 함께 어울리면 우리도 똑같이 나쁜 아이가 된다고 했다. 또한, 무당집을 악마의 집이라고 했고, 예배당에 다니는 아이는 절대 무당집에 가면 안 된다고도 했다.

  마치 약속이라도 한 것처럼 부하들 모두 대장을 찾아가지 않았다. 어른들이 우리를 하나하나 일일이 감시하기도 했지만, 우리 자신도 대장을 찾지 않았다. 보자기는 밤마다 해골무당이 춤추는 악몽을 꿨다고 했다. 나 또한 대장을 찾아가지는 않았으나 대장과 관련된 이야기는 모조리 수집했다. 수집한 내용은 이랬다. 대장이 앓아눕자 늙은 아버지는 그런 아들을 보며 깊은 한숨만 내쉬었다. 그러던 어느 날 늙은 아버지의 한숨 소리가 깊어지고 기침 소리가 짙어지자, 대장은 돌연 이불을 박차고 일어났다. 대장은 늙은 아버지가 차린 밥상 앞에 앉아 밥을 우걱우걱 먹더니 눈물을 뚝뚝 흘렸다. 그때 무슨 이유에서인지 늙은 아버지가 우는 대장에게 엄마 이야기를 들려줬다고 했다. 궁금했으나 무슨 이야기를 했는지는 알 수 없었다.

  대장은 보름이 넘게 집 밖으로 나오지 않았다. 그러다가 문둥이에게 집합 명령을 내렸지만, 집합 장소엔 아무도 나가지 않았다. 문둥이조차도 나가지 않았다. 나 또한 엄두가 나지 않았다. 대장은 몹시 혼란스러웠던지 더는 집합 명령을 내리지 않았다. 군대는 자연스럽게 해산됐고 대장은 한동안 조용히 지냈다. 아이들은 대장과 마주치지 않으려고 애썼다. 가까운 거리도 일부러 빙 돌아서 갔다. 간혹 먼발치에서 마주했을 땐 항상 아이들이 먼저 고개를 돌렸다. 그래서 그랬는지 죽은 무당의 공포에 시달리던 우리는 점차 시간이 지나자 대장에게 미안한 마음이 들었다. 우리가 서로 말은 하지 않았음에도 언젠가부터 우리 모두의 마음속엔 대장을 배신했다는 죄책감과 함께 미안함이 자리했던 거다.

우리 부하들이 그러고 있는 사이에 아주 놀라운 일이 벌어졌다. 뜻밖에도 다소니와 대장이 매우 가깝게 지냈다. 나는 본격적으로 다소니와 관련된 이야기를 수집했다. 다소니는 열두 살로 우리와 동갑내기였음에도 몸이 몹시 마르고 왜소해서 겨우 아홉 살 정도로밖에 보이지 않았다. 다소니는 우리에게 조금의 관심도 주지 않았으나 우리 마을에 있는 나무와 개울, 바위들을 속속들이 들여다봤다. 마치 대장처럼 자기가 마을의 주인인 양 행동하고 다녔다. 어딘가 모르게 대장을 닮은 구석이 있었다. 아무리 큰 나무라도 거리낌 없이 올라갔고 산에서도 뛰어다녔다.

내가 정말 놀란 것은 다소니와 정면에서 마주했을 때였다.

처음엔 다소니의 눈빛이 산짐승처럼 무섭다고 생각했지만, 다소니의 눈빛은 매우 맑고 왠지 슬펐다. 또 다소니는 대장과 닮았으면서도 뭔가 아주 달랐다. 대장은 개울과 산에서 사냥하는 것을 좋아했으나 다소니는 절대 사냥하지 않았다. 또 대장과 다소니는 모두 나무를 잘 이용했으나 나무에 관한 생각은 아주 달랐다. 대장은 나무를 잘라 뭔가를 잘 만들었다. 새총과 얼레, 팽이, 자치기 같은 놀잇감은 물론 낫자루, 삽자루, 지게까지 만들기도 했다. 반면, 다소니는 약으로 쓰는 나무와 식용으로 쓰는 나무, 도구를 만들 수 있는 나무 등으로 구분하는 것을 좋아했다.

내가 다소니를 졸졸 따라다니자 한번은 내게 과일 꽃의 공통점이 뭔지 아느냐고 물었다. 벚꽃을 비롯해 사과, 배, 매화 등이 다 이 공통점을 가지고 있다고 했다. 나는 단 한 번도 생각해 보지 않은 참 엉뚱한 질문이었다. 학교에서도 배운 적이 없었다. 내가 모르겠다며 알려달라고 했지만, 다소니는 답을 말해 주지 않았다. 일주일 후에 내가 다시 묻자, 아직도 해답을 찾지 못했냐며 오히려 반문했다. 그러니까 다소니가 빨리 대답해 주지 않은 것은 나 스스로 답을 찾아보라는 의도였다. 내가 멋쩍게 웃자 비로소 다소니가 답을 말해줬다. 먹을 수 있는 과일의 꽃은 대부분 꽃잎이 다섯 장이라고 했다. 심지어 먹을 수 있는 채소 종류도 이와 같은데 호박이나 가지, 오이, 고추 등도 꽃잎이 다섯 장이거나 오각뿔 모양의 통꽃이라고 말해줬다. 당장 확인해 보니 사실이었다. 정말 경이로웠다. 대장과 다소니는 이렇게 달랐다. 그런데도 이 둘이 매우 가깝게 지내자 그 사연이 몹시 궁금했다.

다소니는 왜 학교에 다니지 않는 걸까? 나와 친구들은 때때로 다소니에게 접근했다. 다소니에게 다가가 말도 걸고 먹을 것도 주려고 했다. 하지만 다소니는 누구에게도 대꾸하지 않았고 변함없이 늘 혼자 다녔다. 화가 난 아이들은 다소니를 해코지하려고 다가섰다가도 다소니의 무서운 눈빛과 마주하고는 돌아서기 일쑤였다. 아이들은 하나같이 다소니가 무섭다고 말했고 또다시 녀석이라고 불렀다. 녀석의 눈빛이 짐승 같다며 무서운 놈이라고 했다. 나는 다소니의 눈빛이 아주 맑다는 것을 알려주고 싶었다. 하지만 말하지 않았다. 그것은 어디까지나 나만의 느낌일지도 모른다고 판단했다.

대장과 다소니가 어떻게 가까워졌는지 궁금해서 참을 수가 없었다. 결국, 염치 불구하고 대장을 찾아갔다. 대장은 내게 서운한 기색을 보이지 않았다. 또 내 물음에 사실대로 말해줬다. 대장과 다소니가 처음 만나게 된 것은 물론 미루나무 꼭대기였다. 그 이후에 대장과 다소니가 다시 만나게 된 사연은 이랬다. 대장은 부하들이 집합 명령을 거부한 이후 집구석에서

만 있다가 어느 날 부하들을 다시 모아 좀 더 조직적인 군대를 만들고자 마음먹었다. 그래서 아지트가 필요했다. 대장은 고민 끝에 죽은 무당집을 새롭게 꾸몄다. 청소도 하고 근처 나무들도 말끔하게 손질했다. 팽나무 가지에 그네를 매달아 놓기도 했고 나무와 나무 사이에 줄을 매달아 줄을 타고 왕복할 수 있게 했다. 그러던 중에 다소니가 먼저 대장을 찾아갔다. 다소니는 놀랍게도 비행 날개를 제작할 수 있는 아지트가 필요하다고 했다. 대장은 이것저것 따져 묻지 않았을 뿐만 아니라 다소니에게 아지트를 제일 먼저 소개했다. 그렇게 대장은 다시 기운을 냈던 거다. 둘의 만남은 대장에게도 다소니에게도, 또 그 둘을 바라보는 내게도 새로운 세계의 시작이었다. 또 우리 모두에게 기적이었다.

  다른 아이들도 다소니와 대장 사이를 자기들 나름대로 관찰한 것 같았으나 다소니가 비행 날개를 제작한다는 것에 관해서는 별로 궁금해하지 않았다. 아이들은 오로지 다소니와 대장이 가깝게 지내는 사실에만 관심을 가졌다. 그 둘은 아무렇지도 않게 죽은 무당집에 드나들었지만, 아무 일도 일어나지 않았다. 다소니가 왜 비행 날개는 제작하려고 하는지, 정말로 하늘을 날겠다는 건지, 해종일 무엇을 하고 지내는지, 생각하면 할수록 궁금했다. 또 산과 들을 탐구한다는 것이 어떤 의미인지, 도대체 무엇을 탐구하는지도 궁금했다.

하루는 학교에 가다가 다소니를 만났다. 그날 나는 무슨 배짱이었는지 나도 모르게 다소니를 따라나섰다. 나의 수집 욕구가 폭발했다고나 할까? 학교에는 늦게 갈 생각이었다. 담임 선생님에게 혼나는 것이 두려웠지만, 일단 다소니를 따라나섰다. 사실은 벌써 벼르던 일이었다. 내가 따라나서자 다소니는 빙그레 웃을 뿐 뭐라고 하지 않았다. 다소니는 말없이 장만지 폭포로 갔다. 지난밤에 비가 왔으니 폭포에 물이 많을 것 같았다.

개티는 커다란 골짜기 안에 자리했으며 작은 마을 세 개로 이루어졌다. 각각 아랫개티와 너금배, 윗개티였다. 시나무니 마을에서 추도러니 다리를 지나 우리 마을로 들어서면 넓은 들판이 나오고 그 들판 위쪽에 아랫개티가 자리했다. 아랫개티에서 북서쪽으로 산 고개를 하나 넘어가면 너금배였고, 너금배에서 다시 북쪽으로 골짜기를 따라 깊숙이 들어가면 그 끝에 윗개티가 자리했다. 장만지 폭포는 너금배에서 윗개티로 비탈길을 올라가다 보면 길 왼쪽에 있었다. 다소니와 내가 장만지 폭포 위쪽에 도착했을 때 예상했던 대로 물줄기가 거세게 내리꽂았다. 하얀 물줄기를 따라 폭포 아래를 내려다봤을 때 놀랍게도 영구가 폭포 밑에서 기어 올라오고 있었다. 영구는 뱀을 잘 잡아서 아이들이 땅꾼이라고 불렀다. 학교 가는 길에 뱀을 잡게 되면 학교에 가지 않았다. 배가 나오고 작달막했으나 신기하게도 산을 잘 탔다.

영구는 왼손에 무엇인가를 움켜쥔 채 오른손으로는 바위 모서리를 잡고 기어 올라왔다. 바위 타는 솜씨가 예사롭지 않았다. 영구도 우리 또래였으나 우리와 잘 어울리지 않아서 그랬는지 영구가 바위 타는 것은 나도 처음 봤다. 영구의 움직임을 바라보는 다소니의 눈빛은 호기심 가득했다. 이윽고 영구가 폭포 위까지 올라와 우리 앞에 섰다. 영구는 왼손으로 뱀의 목을 꼭 쥐고 있었다. 나는 뒤로 한 발짝 물러섰다. 영구는 눈을 찡긋하며 나를 아는 체하고는 자기 앞에 서 있는 키 작은 말라깽이 다소니를 살폈다. 자기보다 어린 녀석이라고 생각했던지 어린아이 대하듯, 처음 보는 녀석인데 누구냐고 물었다. 다소니는 대답하지 않았다.

사실 다소니는 처음부터 영구가 쥐고 있는 뱀만 쳐다봤다. 뱀은 입을 쫙 벌린 상태에서 가느다란 혀를 날름거렸다. 영구는 다소니의 기를 꺾어보겠다는 듯 뱀을 들어 올리더니 우쭐거리며 말했다.

"독사여, 물리면 한 방에 즉사하는 거여."

한순간 독사는 기운이 빠졌는지 축 늘어졌다. 독사의 몸길이가 영구의 팔 길이 정도 됐다. 그런데 다소니가 물러나기는커녕 오히려 더 가까이 다가섰다. 그러자 영구가 한 발 뒤로 물러나며 무섭지 않으냐고 물었다. 하지만 다소니는 영구의 물음에는 아랑곳하지 않고 이상한 소리를 했다.

"너! 이놈하고 대화는 해봤어?"

"너! 미친 거여? 뱀하고 무슨 대화를 혀."

다소니는 뱀이 하는 말을 알아듣기라고 하겠다는 듯 더 가까이 다가섰다. 다소니가 뱀을 전혀 무서워하지 않자 영구는 또 어쩔 수 없이 뒤로 물러나며 말했다.

"뱀에게는 기회를 주면 큰일 나는 거여. 너를 그냥 확 물어 버려."

영구가 겁주려 했음에도 불구하고 다소니는 더 가까이 다가섰다. 그러자 영구가 엉거주춤하며 다시 말했다.

"이야기한답시고 얼굴을 내밀다가는 코를 확 잘라 먹혀!"

영구가 다소니 얼굴 가까이에 뱀을 확 가져갔으나 다소니는 꿈쩍하지 않았다. 영구는 괜히 멋쩍었던지 별 미친놈을 다 보겠다고 했다. 영구는 오히려 자기의 기가 한풀 꺾인 터였다. 영구는 독사를 자루에 담더니 윗개티 마을로 걸어갔다. 다소니가 뒤따라갔다. 나는 더 늦기 전에 학교에 갈까 말까 고민했다. 어차피 지금 간다고 해도 늦을 것이고, 선생님께 혼날 것이 뻔했다. 그렇다면 이왕 이렇게 됐으니 좀 더 늦자는 생각이 들었다. 나도 영구를 쫓아갔다. 영구는 우리가 뒤따라가는 걸 알았으나 뭐라고 하지 않았다. 아예 신경 쓰지 않겠다는 태도였다. 다소니에게 영구를 왜 쫓아가느냐고 묻자, 아무렇지도 않게 이렇게 말했다.
 "뱀이 살려달라고 했어."
 표정을 보니 장난이 아니었다. 그렇다면 뱀과 이야기라도 나눴다는 뜻인가? 나로서는 믿기 어려운 이야기였고 이해할 수도 없었다.

 윗개티엔 세 가구가 살았다. 영구네 집과 땅꾼 구환이 아저씨네, 그리고 딸 부잣집 영정이네 집이 있었다. 영구는 땅꾼 아저씨네 집 마당으로 들어서며 아저씨를 불렀다. 유독 머리가 커서 큰얼굴이라 불리는 구환이 아저씨가 방에서 나왔다. 아저씨는 내가 인사하자 고개를 끄덕이고는 다소니를 힐끗 훑어보더니 말없이 장독대로 갔다. 영구가 따라가자 다소니도 따라갔으나 나는 이쪽에서 세 사람을 바라봤다. 구환이 아저씨는 먼저 영구가 가져온 자루 속을 살폈다. 아마도 뱀의 종류와 크기를 살펴보는 것 같았다. 아저씨는 이내 커다란 항아리의 뚜껑을 열더니 영구가 가져온 자루를 항아리 속에 털어 넣었다. 아저씨가 영구에게 지금은 잔돈이 없으니 계산은 나중에 하자고 하자 영구가 알았다고 했다. 그러니까 나와 다소니는 작은 땅꾼이 뱀을 잡아서 큰 땅꾼에게 팔아넘기는 거래 장면을 본 거다. 그렇다면 저 항아리 속에는 뱀들이 수두룩할 것 같았다. 그때 영구가 다소니의 눈치를 살피더니 또다시 우쭐

거리며 제안했다. 영구의 표정을 보아하니 이번엔 다소니를 제대로 골탕 먹일 계획이 있어 보였다. 아마도 말라깽이 녀석의 기를 확실하게 꺾어보자고 마음먹은 듯했다. 다소니에게 물었다.

"너! 저 항아리 속을 보고 싶은 겨?"

순간 영구는 다소니의 손을 덥석 잡고는 항아리로 바짝 다가섰다. 영구가 내게 손짓하더니 보고 싶으면 가까이 오라고 했다. 내가 다가가자 아저씨가 항아리 뚜껑을 열었다. 항아리 속에는 얼핏 보아 스무 마리 정도의 독사들이 서로 뒤엉켜서 똬리를 틀고 있었다. 무섭고 징그러워 뒤로 물러났다. 그러나 다소니는 놀라기는커녕 오히려 고개를 숙이더니 항아리 안을 들여다봤다. 그런 다소니를 보고 영구가 말했다.

"야! 너 뭐야?"

그러나 다소니는 영구의 물음엔 아랑곳하지 않고 구환이 아저씨에게 물었다.

"아저씨! 뱀하고 대화는 해봤어요?"

느닷없는 질문에 아저씨가 주춤했다. 영구가 오른손을 들어 머리 위로 올리더니 빙글빙글 돌렸다. 미친놈이라는 표현이었다. 아저씨도 영구와 같은 생각을 하는 것 같았다. 아저씨가 영구에게 물었다.

"그런데 이 녀석은 누구냐?"

영구는 그제야 말라깽이 녀석이 누군지 헤아리는 눈치더니 내게 물었다.

"혹시 지도자 아저씨네 집에 새로 들어온 놈이냐?"

내가 그렇다고 대꾸하자 다소니가 다시 아저씨에게 말했다.

"저놈들이 살려달라는데요."

구환이 아저씨도 영구처럼 별 미친놈이 다 있다는 듯 다소니를 째려봤다. 나는 물론 다소니가 미쳤다고 생각하지는 않았으나 다소니가 하는 말들을 믿기는 어려웠다. 정말 뱀하고 대화를 한 것인지, 어떻게 뱀과 대화할 생각을 했는지, 다소니의 머릿속은 도통 알 수 없었다. 친아빠가 수의사였다는 것과 관련이 있는지도 몰랐다. 구환이 아저씨는 고개를 절레절레 저으며 방 안으로 들어갔다. 영구가 말했다.

"뱀에게는 기회를 주면 큰일 나! 뱀이 네 코를 잘라 먹는 겨!"

그러자 다소니가 갑자기 돌아서더니 어디론가 뛰어갔다. 그때 영구에게 학교에 가자고 했으나 못 들은 척 어디론가 가버렸다. 결국, 나 혼자 학교를 향해 뛰었다. 선생님에게는 영구를 데려오려고 쫓아다니다가 늦었다고 말하자 혼내지 않았다. 이튿날 영구가 학교에 와서는 지난밤에 구환이 아저씨네 집에 있는 뱀 항아리가 깨졌다고 말했다. 나는 저절로 미소가 지어졌다. 방과 후에 다소니를 찾아가 뱀 항아리를 깼냐고 물었더니 하얀 이빨을 보이며 웃었다. 다소니의 웃는 모습은 어린 아이처럼 천진난만했다. 전혀 상상하지 않은 모습이어서 다소 놀라웠다. 그 이후 뱀 항아리는 두 번 더 깨졌다. 그중에 한 번은 다소니를 따라갔다가 내가 깼다. 왠지 다소니의 행동이 옳은 것만 같아서였다.

다소니와 대장은 확실히 달랐지만, 닮은 구석이 많았다. 나만의 느낌일지 모르지만 둘 다 어떤 아픔이 느껴졌다. 대장은 한 번도 엄마 이야기를 하지 않았고 엄마 이야기가 나오면 늘 인상을 썼다. 엄마를 그리워하는 것이 분명했다. 한편 다소니는 친아빠를 그리워하는 것 같지 않았다. 친아빠는 다소니가 태어나기도 전에 죽었다고 했다. 그래서 그런지 아빠와는 정이 없어 보였다.

다소니가 혼자 다니기는 했으나 잘 웃는다는 것을 알 수 있었다. 그렇다고 말을 많이 한 것은 절대 아니었다. 내가 궁금한 것을 물으면 대부분 그냥 웃어넘겼다. 콕 찍어 설명할 수는 없지만, 다소니의 웃음 속에는 왠지 알 수 없는 아픔과 슬픔이 느껴졌다. 거의 소리를 내지 않고 웃어서 그런 것 같았다. 다소니에 관해 많은 것을 알게 됐음에도 다소니의 행동이나 생각을 정확하게 이해하지는 못했다. 도무지 알 수 없는 아이였다.

5

 다소니와 대장이 무당집에 드나드는 것을 보면서 우리 부하들은 서서히 죽은 무당의 공포에서 벗어났다. 또 우리는 대장과 함께 다니는 다소니가 부러웠다. 부하들은 결국 하나둘 대장을 다시 찾았고 결국 개티 아이들 모두 또다시 대장의 부하가 됐다. 물론 어른들에게는 철저히 비밀로 했다. 어느 날 대장은 여덟 명의 부하들 앞에서 외쳤다.
 "우리는 영원히 개티오빠스파다!"
 개티 아이들은 이제 더는 그냥 아이들이 아니었다. 엄연히 군대를 조직했고 개티오빠스파라는 이름을 가지게 됐다. 개티오빠스파는 첫째 문둥이, 둘째 헌신짝, 셋째 보자기, 넷째 꼬롱새, 다섯째 몽상가, 여섯째 기울배기, 일곱째 수집가, 여덟째 잠자리소년이었다. 수집가는 나였고 잠자리소년은 다소니였다. 다소니가 잠자리의 비행 날개를 좋아하자 대장이 잠자리소년이라고 불렀다. 부하들은 각자 자기 순서를 외쳤다. 대장이 아이들에게 순서를 붙이기는 했어도 순서는 부하 간의 서열과는 무관했다. 대장이 번호 붙이는 것을 좋아했을 뿐이었다. 부하들 사이에서는 서열이 따로 없었고 개인의 특기를 살린 직책만 있었다. 그러자 문둥이가 개티오빠스파는 민주적이며 평화적이라고 말했다.

생각해 보면 개티오빠스파가 결성된 것은 참으로 놀라운 일이었다. 전엔 그냥 개티 아이들이었고 괜히 몰려다니는 것이 전부였다. 함께 몰려다님으로써 남들보다 우월하다고 느꼈다. 그러다가 다소니와 대장이 우리 마을에 들어옴으로써 극적으로 군대가 만들어졌다. 다소니 덕분에 영영 남으로 살아갈 뻔했던 대장과 부하들이 다시 뭉쳤다. 개티오빠스파는 이제 단순히 몰려다니는 수준이 아니었다. 규칙을 철저히 지켰으며 뭔가를 계획했고 계획한 것을 행동으로 옮겼다. 또 하나 놀라운 사실은 다소니가 우리와 함께 어울렸다는 거다.

다시 뭉친 우리는 이전과는 아주 달랐다. 군대는 이름을 가짐으로써 더 탄탄해졌다. 사실 이름을 만든 것은 문둥이다. 대장이 좀 더 강한 군대를 가지고 싶어 하자 문둥이는 먼저 이름이 있어야 한다고 했다. 대장은 문둥이에게 이름을 정해보라고 했고 문둥이는 개티오빠스파라고 정했다. 개티 마을 사람들은 땅벌을 오빠스라고 불렀는데 문둥이는 우리가 오빠스처럼 늘 단체행동을 해야 한다고 강조했다. 또 오빠스처럼 전체를 위해 나 자신을 희생해야 한다고도 했다. 대장과 문둥이는 몇 가지 규칙도 정했다. 그 무렵 나는 그저 공부 좀 잘하는 친구라고만 생각했던 문둥이와 관련된 것도 관찰하고 기록했다. 문둥이는 뭔가 많은 생각을 하는 것 같았으며 무엇보다 눈빛이 달라졌다. 대장이 우리 마을에 오고 나서 우리 중에 가장 많이 변한 것이 바로 문둥이다. 문둥이는 개티오빠스파가 결성되자 자신의 진가를 드러냈다. 어느 날 문둥이가 구호를 만들었다. 대장이 그 구호를 선창했고 부하들이 제창했다.

하나, 개티오빠스파는 절대 착하지 않다.

둘, 개티오빠스파는 절대 두려워하지 않는다.

셋, 개티오빠스파는 끝까지 함께 한다.

이름을 정하고 규칙을 만들고 구호를 제창하는 일은 그렇게 단순한 일이 아니었다. 괜히 몰려다니며 으스대는 것과는 차원이 달랐다. 아이들에게 자부심과 함께 소속감을 만들어줬다. 우리는 이제 전투 놀이를 하는 것에는 관심 없었다. 딱지치기도 구슬치기도 그 어떤 골목 놀이도 더는 하지 않았다. 그런 것들은 아이들이나 하는 짓이었다. 불과 몇 개월 만에 우리는 몸도 생각도 컸다. 이름과 구호를 만든 문둥이의 의도가 뭐였는지 궁금했다. 문둥이에게 묻자 처음부터 어떤 의도가 있었던 것은 아니라며, 이런 결과를 예상하지 못했다고 했다. 이러한 변화에 대해 자기 자신도 놀랐다고 했다. 나는 우리가 쑥쑥 성장한다고 믿었다. 우리는 이제 형들이 하는 일을 따라 했다. 어쩌면 형들보다 더 엄청난 일을 계획했고 실천했다.

다소니는 아지트가 생기자 거의 매일 비행 날개를 제작하는 일에 전념했다. 다소니가 하늘을 날고 싶어 한다는 것을 알고 있었음에도 비행 날개를 실제로 제작한다는 것은 매우 흥미로운 일이었다. 대장이 다소니를 잠자리소년이라고 부르는 것과 연관 있었다. 어느 날 대장은 미루나무 꼭대기에서 다소니와 나눴던 이야기를 들려줬다. 나뭇가지에 매달려 있던 다소니가 하얀 이빨을 드러내놓고 환하게 웃더니 자기가 하늘을 날았다며 좋아했다고 했다.

"네가 무슨 새야?"

"새가 아니고 잠자리야."

"왜지?"

"잠자리 날개는 정말 자유롭거든, 하늘에서 정지한 채 떠 있을 수도 있어."

"그럼, 지금부터 넌 잠자리소년이야."

"응, 좋아."

대장은 그때 처음으로 다소니를 잠자리소년이라고 불렀다고 했다. 그러자 다소니가 또다시 환하게 웃으며 좋아했다고 했다. 대장은 이름보다 별칭으로 부르는 것을 좋아했다. 이름엔 특징이 없지만, 별칭엔 자기만의 특징이 있기 때문이라고 했다.

다소니는 자유자재로 움직이는 잠자리 날개를 좋아했다. 그래서 그랬는지 잠자리 날개를 닮은 비행 날개를 제작하려고 했다. 다소니가 우리 마을로 오기 전엔 어떻게 살았는지 궁금했으나 다소니는 자기 이야기를 거의 하지 않았다. 다소니에 관해 물어볼 사람도 없었다. 다소니 엄마가 있었지만 직접 찾아가 물어볼 용기가 없었다.

그러던 어느 날 느닷없이 지도자 아저씨가 아지트에 들이닥쳤다. 우연히 우리를 미행했다고 했다. 지도자 아저씨가 아지트에 들어섰을 때 하필 다소니가 팽나무 가지에서 뛰어내렸다. 지붕 꼭대기보다 훨씬 더 높은 곳이었다. 그것을 본 지도자 아저씨는 당황한 기색이 역력했다. 언뜻 하늘을 나는 다소니를 봤다고 착각했는지도 몰랐다. 지도자 아저씨는 둘레를 둘러보다가 다소니가 제작하고 있는 비행 날개를 발견했다. 지도자 아저씨가 다소니를 똑바로 바라보더니 정말 날겠다는 거냐고 물었다. 다소니가 고개를 끄덕이자 지도자 아저씨는 아무 말도 하지 않고 돌아섰다. 지도자 아저씨가 산에서 내려가려 하자 문둥이가 재빨리 지도자 아저씨 앞에 나섰다. 아지트는 절대 비밀로 해달라고 부탁했다. 우리 모두 절실했지만, 아저씨는 아무런 대꾸도 하지 않고 산에서 내려갔다. 그러자 문둥이는 미리 대비하지 못한 자신을 책망했다. 당장 입구를 폐쇄하고 비밀통로를 만들자고 했다.

한 시간쯤 지났을 때 지도자 아저씨가 다소니 엄마와 함께 올라왔다. 다소니 엄마가 다소니에게 하늘을 나는 일은 절대 안 된다고 했다. 너무 위험하다며 너까지 잃을 수는 없다고 했다. 지도자 아저씨는 비행 날개를 불태우려고 했다. 우리가 안 된다며 비행 날개를 붙잡았으나 지도자 아저씨는 꿈쩍도 하지 않았다. 그래도 우리가 비행 날개를 놓아주지 않자 아지트에 관한 비밀은 지켜주겠다고 약속했다. 우리는 어쩔 수 없이 비행 날개를 놓았다. 비행 날개가 불타자 다소니가 푹 쓰러졌다. 다소니 엄마가 다소니를 업고 내려갔다. 다소니는 마치 뼈대 없는 허수아비처럼 축 늘어졌다. 비행 날개가 모두 불타버리자 지도자 아저씨도 산에서 내려갔다.

이튿날 아침에 학교에 가려는데 안산할아버지가 침통을 들고 지도자 아저씨네 집으로 들어갔다. 우리 집과 지도자 아저씨네 집은 서로 마주 보고 있었다. 안산할아버지는 안산골에 살았으며 평소에 마을 사람들에게 침도 놓아주고 약도 지어줬다. 마을 사람들은 안산할아버지를 약초 할아버지 또는 어르신이라고도 불렀으며 항상 존경하는 마음을 가졌다. 안산할아버지가 침통을 들고 지도자 아저씨네 집으로 들어가는 것을 보면 다소니에게 무슨 일이 있는 것만 같았다.

내가 뒤따라 들어갔을 때 지도자 아저씨는 근심 가득한 얼굴을 하고는 마루에 걸터앉아 있었다. 어쩌면 비행 날개를 불태워 버린 걸 후회하는지도 몰랐다. 다소니 엄마가 나를 알아

보고는 걱정하지 말고 학교에 가라고 했다. 가끔 있는 일이라고 했다. 하지만 다소니는 그날 저녁에도 깨어나지 않았다. 그 다음 날이 되어서야 잠에서 깨어났다. 다행히 지도자 아저씨와 다소니 엄마는 아지트에 관한 비밀을 누설하지 않았다. 우리에겐 다행스러운 일이었으나 다소니는 한동안 아지트에 나타나지 않았다. 아마도 자기 때문에 아지트를 들키게 되자 우리에게 미안했던 모양이었다. 또한, 비행 날개가 불타버리자 실망이 큰 듯했다. 우리는 아지트로 들어오는 입구를 폐쇄하고 비밀통로를 만들었다. 혹시 있을지 모르는 누군가의 미행을 따돌릴 목적이었다. 특히 두꺼비아저씨에게 들키면 그야말로 끝장이었다. 기존에 다니던 길에는 가시덤불 나무를 심어 가로막았다.

  나중에 알게 된 일이지만 비행 날개가 불탔던 날 다소니는 한밤중에 일어나 아지트에 다녀왔다고 했다. 불타버린 비행 날개를 확인하고는 다시 내려와 깊은 잠에 빠졌다고 했다. 하늘을 날고 싶어 하는 다소니의 마음을 알고 있었으므로 다소니의 심정이 어떨지 짐작할 수 있었다. 그런 다소니를 생각하자 눈물이 쏟아졌다.

6

 토요일 방과 후 집에 돌아왔을 때, 다소니가 막 집을 나섰다. 그렇지 않아도 삐쩍 마른 몸이 며칠 사이에 더 야위어 보였다. 아무것도 먹지 않고 며칠 동안 잠만 잔 모양이었다. 다소니는 외할머니를 만나러 간다고 했다. 내가 따라가도 되느냐고 묻자 고개를 끄덕였다. 다소니는 너금배 마을을 지나더니 오랫골로 갔다. 오랫골은 너금배에서 북서쪽으로 한참 들어가야 했다. 오랫골 골짜기로 들어가 해가 지는 쪽으로 산 고개를 넘자 소랭이 마을이 나왔다. 그 마을에 다소니의 외할머니 집이 있었다. 다소니는 빠른 걸음으로, 나는 거의 뛰다시피 해서 두 시간 정도 걸렸다.

 소랭이 마을에서 두 개의 마을을 더 지나가면 다소니가 다닐 뻔했던 초등학교가 있다고 했다. 다소니는 외할머니를 박사라고 불렀다. 외할아버지가 살아있을 때 외할머니를 박사라고 불렀다고 했다. 다소니는 밥을 먹고 나더니 낮잠을 잤다. 다소니가 잠들자 박사가 내게 다소니에게 무슨 일이 있었냐고 물었다. 비행 날개에 관해 이야기하려다가 걱정할 것만 같아 말하지 않았다. 특별한 일은 없었다고 얼버무렸다. 그러자 박사가 다소니에 관해 말해줬다. 다소니는 힘든 일이 있을 때마다 잠을 많이 자는데 자고 일어나면 다시 좋아진다고 했다. 다소니 친아빠도 평소에 잠을 많이 잤다고 했다. 박사는 잠든 다소니를 내려다보며 아무래도 낯선 집에서 살다 보니 힘든 것 같다며 안타까워했다.

나는 박사에게 다소니가 학교에 다니지 않는 이유를 물었다. 그러자 박사는 빙그레 웃더니 이렇게 말했다.

"그건 몹시 아픈 이야기지. 그래, 너는 이야기를 수집한다고 했지?"

"네, 할머니!"

"그렇다면 그 이야기가 몹시 궁금하겠구나."

박사는 마치 다소니가 되어 직접 겪은 일인 것처럼 생생하게 이야기했다. 그래서 그랬는지 다소니의 행동과 모습이 눈앞에 또렷하게 그려졌다. 다소니가 직접 말한 것은 아니었으나 세세하게 기록하려고 애썼다.

(기록) 5년 전, 초등학교 입학식 날이었다. 다소니 엄마는 다소니의 손을 꼭 잡고 학교에 갔다. 눈부시게 푸른 봄날이었지만 다소니에겐 시냇물 소리도, 봄바람 소리도, 아이들 떠드는 소리도, 새로 돋아난 풀잎도, 눈부신 봄 햇살도 전혀 느낄 수 없었다. 다소니는 얼굴이 하얗게 질린 채 땅바닥만 보며 걸었다. 아이들의 시끌벅적 떠드는 소리가 다소니의 귓전에서 맴돌다 사방으로 흩어졌다. 다소니는 교문 앞에서 멈춰 섰다.

교문 양쪽엔 직육면체 모양의 묵직한 시멘트 기둥이 서 있었고, 그 양쪽 기둥에 매달린 파란 철 대문은 마치 커다란 고래가 입을 벌린 채 먹이를 삼키려는 듯 활짝 열려있었다. 또 양쪽 기둥 위쪽엔 아치형의 철 구조물이 연결되어 있었다. 철 구조물엔 정사각형 모양의 파란색 철판 여덟 개가 일정한 간격으로 붙어 있었다. 여덟 개의 철판엔 '나 라 사 랑 학 교 사 랑'이라는 흰색 글자가 철판 하나에 낱자 하나씩 박혀 있었다. 다소니는 교문 안으로 걸어 들어가고 싶지 않았다. 괴물이 자기를 꿀꺽 삼킬 것만 같아서였다. 다소니가 움직이지 않자 엄마가 다소니와 눈높이를 맞추고는 마주 보며 말했다.

"다소니! 들어가야 해."

"싫어."

"아니, 들어가야 해."

"엄마! 나 죽을 것 같아."

그때 갑자기 맑던 하늘에서 이른 봄날에는 어울리지도 않는 여우비가 내렸다. 다소니가 하늘을 올려다봤다. 하늘에서 여우꼬리구름이 다소니에게 빨리 집에 가라고 속삭였다. 다소니가 손을 들어 하늘을 가리켰다. 하지만 엄마는 일단 비를 피해야 했다. 하늘을 가리키고 있는 다소니의 손을 잡아끌었다. 엄마는 순식간에 교문을 지나 학교 안으로 달려 들어가더니 단숨에 교실로 들어섰다. 엄마들은 교실 뒤에 서 있었고 아이들은 정지된 자세로 책상에 꼿꼿이 앉아있었다. 입학생은 33명이었다. 다소니는 가장 늦게 교실에 들어섰기 때문에 맨 뒷자리에 비어 있는 책상에 앉았고 엄마는 다소니 뒤에 섰다.

 검정 치마와 하얀 블라우스를 입고 뿔테 안경을 쓴 여교사가 칠판과 탁자 사이에서 경직된 자세로 섰다. 여교사는 자기가 담임교사라고 소개하고는 입학식을 진행했다. 국기에 경례와 애국가 제창이 끝나자 짤막한 몸에 배가 나온 교장이 단상에 서서 환영사를 했다. 교장이 뭐라 뭐라 말했으나 다소니 귀에는 아무것도 들리지 않았다. 다소니는 식은땀을 흘리더니 아예 눈을 감아 버렸다.

 마지막 순서로 담임선생님이 아이들 이름을 불렀다. 이름을 부르는 소리가 필요 이상으로 컸다. 호명된 아이들은 큰소리로 대답하고는 한 명씩 일어섰다가 다시 앉았다. 이윽고 다소니의 이름이 호명됐지만, 다소니는 그냥 앉아있었다. 선생님이 두 번 더 호명했으나 다소니는 꿈적도 하지 않았다. 엄마가 다소니 어깨에 손을 얹자 푹하고 교실 바닥으로 쓰러졌다.

 이튿날 다소니는 교실에 들어서다가 담임선생님과 마주치자 그 자리에서 혼절했다. 그 이튿날은 수업 시간에 운동장에서, 또 그 이튿날은 복도에 있는 신발장 앞에서 혼절했다. 다소니 엄마는 다섯째 날도 다소니의 손을 잡고 학교에 갔다. 그날은 교장이 교문 앞에 서 있다가 다소니를 불렀는데, 바로 그

자리에서 혼절했다. 여섯째 날도 엄마는 말없이 다소니의 손을 꼭 잡고 걸었다. 다소니는 엄마의 강인한 손을 뿌리칠 수 없었다. 엄마의 표정은 그 어느 날보다 비장했다. 그날 엄마는 다소니와 다시 눈높이를 맞췄다.

"이것은 네가 나무에 올라가는 것과 같은 거야. 그렇게 생각하면 안 될까?"

"나무는 무섭지 않아."

"그럼, 친구들이 무서워?"

"아이들이 똑같이 생겼어. 그리고 선생님 목소리가 너무 커."

"선생님이 무서워?"

"무서운 건 똑같이 생긴 책상과 의자, 창문들이야."

"책상과 의자, 창문?"

"그리고 줄 서기."

"줄 서기?"

"응."

"그러면 학교에 안 다닐 거야?"

"응."

다소니는 아이들이 학교에 가면 모두 똑같은 모양으로 닮아간다고 생각했다. 같은 모양으로 닮아가는 아이들이 운동장에서 줄 서고 교실에서 줄 맞춰 앉고 어디론가 줄 맞춰 이동하는 것이 너무 끔찍하다고 했다. 마치 달걀 한 판과 같다고 했다. 또한, 담임선생님은 필요 이상으로 목소리가 크다고 했다. 다소니는 이러한 모든 것을 견디지 못했다. 다소니에게 학교는 온통 무서운 것뿐이었다. 다소니는 결국 학교에 나가지 않았다. 엄마는 혹시나 해서 가끔 학교에 가겠느냐고 물었으나 그때마다 다소니는 고개를 내저었다. 어느 날 다소니 엄마가 다소니에게 학교에 가자고 하자 그날은 다소니가 이렇게 되물었다.

"그런데 왜 아이 사랑은 없어요?"

"그게 무슨 소리야?"

"나라 사랑, 학교 사랑은 있는데 왜 아이 사랑은 없는 거예요?"

다소니 엄마는 학교 교문에 붙어 있는 철 구조물이 생각났다.

"그러게, 왜 없지? 하여간 학교에 가기 싫다는 거지?"

다소니가 고개를 끄덕이자 그날 이후 두 번 다시는 학교에 가겠느냐고 묻지 않았다.

나중에 박사는 다소니가 여러 사람과 어울리는 것을 병적으로 싫어한다는 것을 알게 됐다. 어쨌든 다소니의 학습은 박사와 엄마가 감당했다. 박사는 신났다. 다소니는 이미 책 읽기는 물론 웬만한 산수 문제도 척척 풀었다. 박사는 다소니 친아빠가 남긴 책들을 다소니가 하루라도 빨리 읽기 바랐다. 학교 문턱도 밟아보지 않은 박사는 신기하게도 다른 할머니들과는 다르게 책 읽기를 좋아했다. 할머니가 책을 좋아한다는 것은 내게 있어 굉장히 낯선 일이었는데 한마디로 근사하고 멋졌다. 그런데 박사는 결혼한 이후에나 처음으로 글을 배웠다고 했다. 면사무소 직원이었던 다소니의 외할아버지는 여자도 글을 알아야 한다며 외할머니에게 차근차근 글을 가르쳤던 거다. 글을 알게 된 외할머니는 날마다 책을 읽었는데, 외할아버지가 그런 외할머니를 보고는 박사라고 불렀던 거다.

박사가 다소니에게 한글을 가르쳤던 방법은 아주 간단했다. 외할아버지가 박사를 가르쳤던 학습 방법이기도 했다. 먼저 책을 읽어주고 한 줄 한 줄 따라서 읽게 했다. 그다음 글의 내용을 자세하게 설명했다. 마지막으로 글의 내용과 관련된 많은 이야기를 들려줬다. 글자 자체보다는 낱말이 가지고 있는 의미를 찾는 것에 더 주목했다. 박사는 다소니가 친구들과 어울려야 하는 것만 아니라면 학교에 다닐 이유가 없다고 생각했다. 그러니까 다소니가 알고 있는 다양한 지식-개티 아이들은 전혀 상상도 못 하는 수많은 지식-들은 박사에게서 들은 것이거나 책 속에서 찾아낸 것이거나 친아빠가 남긴 책 속에서 습득한 것이었다.

나는 이 이야기를 듣는 내내 왠지 슬펐다. 정확한 이유는 알 수 없었으나 다소니가 왜 우리와 어울리는 것을 싫어하는지 짐작할 수는 있었다. 다소니는 우리가 알지 못하는 어떤 두려움이 있는 것 같았다. 사람에 대한 두려움이었다. 왜 그런 두려움이 생겼는지는 박사도 모르겠다고 했다. 나는 그것이 친아빠의 죽음과 관련이 있을 거라고 짐작했지만, 사실 친아빠는 다소니가 태어나기 이전에 죽었기 때문에 연관이 없을지도 몰랐다.

박사를 만나고 돌아온 다소니는 한결 기분이 좋아 보였다. 불타버린 비행 날개는 이미 다 잊은 듯했다. 박사와 다소니의 관계는 마치 친구 같았다. 어쩌면 다소니는 엄마보다 박사를 더 친근하게 생각하는지도 몰랐다. 다행히 다소니는 아지트에도 나타나 다시 비행 날개를 제작하려고 했다.

얼마 후 박사를 다시 만날 수 있었다. 그날도 다소니는 밥을 먹고 나더니 낮잠을 잤다. 박사에게 잠자리소년에 관해 이야기하자 빙그레 웃더니 이야기 하나를 들려줬다. 박사는 이야기하는 것을 좋아했다. 다소니가 세 살 때 있었던 일이라고 했다.

(기록) 꼬마 다소니는 유난히 잠자리를 좋아했다. 거의 날마다 잠자리를 쫓아다녔다. 그러던 어느 날 다소니가 한 손을 움

켜쥔 채 마당 한가운데에서 갑자기 엉엉 울었다. 박사가 다소니의 손을 폈을 때, 손바닥 안에는 잠자리가 구겨진 채 죽어있었다. 다소니가 잠자리를 잡으려다가 손으로 잠자리를 꽉 움켜쥐었던 거다. 그때 박사는 꼬마 다소니에게 잠자리 잡는 방법을 가르쳤다.

잠자리가 나뭇가지에 앉아있으면 50센티미터 정도 정면에 선다. 정면에 서서 검지를 편 다음 빙글빙글 원을 그린다. 처음에는 큰 원을 그리다가 점점 작은 원을 그리며 잠자리에게 가까이 다가간다. 그러면 잠자리는 어지러운 나머지 날아가지 못한다. 잠자리는 눈동자가 많은 탓에 어지럼증이 심하다. 그래서 아주 쉽게 최면에 걸린다. 일단 최면에 빠지면 잠자리는 날개를 미세하게 아래로 떨어뜨린다. 그때 잠자리의 날개를 살며시 잡으면 잠자리는 자기가 잡혔다는 사실도 알지 못한다.

이 방법은 다소니 친아빠가 연구 노트에 남긴 내용이라고 했다. 잠자리 잡는 방법을 터득한 다소니는 잠자리 잡는 도사가 됐고, 그 이후 단 한 마리의 잠자리도 죽이지 않았다. 또 다섯 살이 되자 잠자리 날개를 그렸다.

지난번에 말하지 못한 비행 날개에 관해 이야기했다. 다소니가 비행 날개를 제작한다고 하자 처음엔 아주 놀라워했으나 곧바로 당연하다는 듯 다소니가 오래전부터 꼭 하고 싶어 하던 일이라고 말했다. 또 잘 됐다고 했다. 박사는 다소니 엄마와는 확연히 달랐다. 다소니 엄마는 다소니를 걱정했지만, 박사는 다소니를 응원하고 믿어줬다. 다소니가 엄마보다는 박사를 더 좋아하는 이유를 알 것 같았다. 그때 박사가 갑자기 걱정스러운 얼굴로 내게 물었다.

"혹시, 다소니가 잠자리에게 말을 걸지 않았니?"

질문을 받고 생각해 보니 잠자리뿐만 아니라 다소니가 동물에게 말을 거는 일은 자주 있었다. 그동안 나는 그 모습을 대수롭지 않게 생각했다. 내가 자주 있었던 것 같다고 말하자 박사는 그런 다소니가 이상하더냐고 물었다.

"처음엔 조금 이상했지만, 지금은 전혀 이상하지 않아요."

솔직한 심정이었다. 아이들 누구도 다소니를 이상하게 보지 않았다.

"그리고 친구들도 비행 날개 제작을 돕고 있어요."

박사는 고맙다고 하더니 다소니에게 좋은 친구들이 있어 마음이 놓인다고도 했다. 나는 고민 끝에 개티오빠스파에 관해 이야기했다. 우리 이외에 다른 사람에게는 처음 말하는 것이었다. 박사는 놀랍게도 개티오빠스파를 적극 지지하겠다고 했다. 다소니에게 친구 같은 할머니가 있어 부럽고 좋았다.

다소니가 깨어나자 박사는 다소니에게 친아빠가 남긴 연

구 노트를 한 권 건네더니 다소니 친아빠도 하늘을 날고 싶어 했었다고 말했다. 다소니는 두 눈을 반짝이며 천천히 노트를 펼쳤다. 신기하게도 노트엔 비행 날개 제작에 관한 그림과 상세한 내용이 적혀 있었다. 비행 날개의 크기와 모양, 길이와 높이, 각도까지 정확한 치수를 기록해 놓았다. 행글라이더라고 하는 비행체의 사진도 여러 장 있었다. 그러니까 다소니의 친아빠는 행글라이더와 흡사한 비행 날개를 제작하려고 했던 모양이었다. 하지만 다소니 엄마는 반대했다고 했다. 그래서 지금까지 아빠의 연구 노트를 다소니에게 건네지 않았다고 했다.

박사가 말했다.

"비행 날개를 제작하려면 이 노트가 꼭 필요할 거야."

드디어 다소니 친아빠에 관한 이야기를 수집할 수 있었다. 내가 수집한 내용은 이랬다. 직업이 수의사인 다소니 친아빠는 서울에 살면서 주말마다 소랭이 마을을 찾아왔다. 마을 사람들이 키우는 소와 돼지를 보살펴 주기도 하고 산에 사는 동물을 찾아다니기도 했다. 사라지고 있는 동물을 찾아다니며 사진도 찍고 연구도 했다. 돌연변이 짐승이나 곤충도 찾아다녔다. 또 다소니처럼 하늘을 날고 싶어 해서 비행 날개를 제작했다. 하지만 어느 날 산에서 장수말벌 은신처를 잘못 건드렸다가 벌의 공격을 받아 죽고 말았다. 당시, 다소니는 아직 태어나기 전이었다.

 박사가 이야기하다 말고 갑자기 나와 다소니를 헛간으로 데려갔다. 박사가 멍석 하나를 걷어내자 경이롭게도 다소니 친아빠가 제작하던 비행 날개가 모습을 드러냈다. 다소니는 이빨을 드러내놓고 환하게 웃었다. 비행 날개는 몹시 낡아서 그대로 사용할 수는 없을 것 같았으나 모양과 크기, 만드는 방법 등은 알아볼 수 있었다. 나는 그저 신기하기만 했는데 다소니는 하나하나 유심히 살폈다. 얼마 후 개티오빠스파 아이들은 이 비행 날개를 아지트로 옮겼다.

 다소니는 장마가 끝나갈 무렵 친아빠가 남긴 연구 기록을 토대로 비행 날개를 다시 제작했다. 개티오빠스파 아이들도 열심히 도왔다. 우선 먼저 필요한 대나무를 베어 다소니에게 가져다줬다. 또 대장은 읍내 장터에서 노끈과 철사 등 필요한 것들을 구해줬다. 제작하는 것은 다소니가 혼자서 했다. 우리가 도우려고 했으나 정확하게 제작하려면 혼자 하는 것이 좋겠다고 했다. 다행히 지도자 아저씨는 다소니의 일에 더는 간섭하지 않았다. 이젠 그냥 지켜보기로 작정한 것 같았다. 또 지도자 아저씨는 아지트에 관한 비밀도 누설하지 않았다. 어쩌면 혼자 지내던 다소니가 우리와 함께 어울리자 잘 됐다고 판단했는지도 몰랐다. 그래서 우리는 지도자 아저씨가 우리에게 매우 친절한 어른이라고 생각했다. 두꺼비아저씨가 지도자 아저씨처럼 친절한 어른이었으면 좋겠다고도 생각했다. 무엇보다 두꺼비아저씨에게 아지트를 들킨다면, 아, 생각만 해도 끔찍했다. 두꺼비아저씨는 늘 경계 대상이었다.

7

얼마 전 두꺼비아저씨와의 작은 전쟁이 있었다. 개티오빠스파가 결성되고 아이들은 들뜬 기분에 세상 무서운 것이 없었다. 그래서 그랬는지 꼬룡새와 보자기가 하굣길에 아무 생각 없이 두꺼비아저씨네 살구를 땄다. 살구나무는 시나무니 마을과 개바위 사이의 길가에 있었다. 어디선가 두꺼비아저씨가 나타났다. 두꺼비아저씨가 벼르고 있던 차에 제대로 걸렸다. 꼬룡새와 보자기는 도망칠 수 없었다. 어설프게 도망쳤다가는 두꺼비아저씨가 집까지 쫓아올 것이 뻔했다. 꼬룡새와 보자기는 살구를 입에 문 채 살구나무 밑에서 손을 들고 벌을 섰다. 덜 익은 살구를 입에 물었으니 신맛 때문에 침이 질질 흘렀다. 지나가는 아이들이 키득키득 비웃었다.

그런데 이튿날 아침 등굣길에 우리는 경악했다. 그 나무에 매달린 살구가 하나도 없었다. 우리는 두꺼비아저씨가 아직 제대로 익지도 않은 살구를 다 땄다고 생각했다. 하지만 방과 후에 우리가 아지트에 갔을 때 살구가 한 소쿠리 있었다. 누군가 복수한 것이 분명했다. 우리 부하들은 아니었다. 대장도 다소니도 아니라고 했으나 둘이 같이했거나 누군가 혼자서 했다. 꼬롱새와 보자기는 노발대발했을 두꺼비아저씨를 생각하며 빙그레 웃었다. 하지만 난 보복이 두려웠다.

잠자리소년은 대장에 의해 억지로 개티오빠스파에 합류했다. 다소니는 오로지 아지트가 필요했을 뿐이었다. 비밀장소가 필요하다고 말하자 대장은 부하가 되라는 조건을 내걸었던 거다. 다소니는 두말하지 않고 대장이라고 불렀고 부하가 됐다. 그렇게 마지못해 합류했으나 비행 날개를 제작하면서 개티오빠스파 아이들의 도움을 받게 되자 우리와 어울렸다. 그렇게 열두 살이 되어서야 생전 처음으로 다른 친구들과 어울렸던 거다. 그러나 여전히 혼자 행동하는 것을 좋아했다. 녀석, 말라깽이, 무서운 아이, 신기한 아이, 나무 오르기 승자, 외계인, 잠자리소년, 이것이 모두 다소니를 이르는 말들이었다. 나는 이 별명들도 다소니라는 이름도 다 좋았다. 무엇보다 이빨을 드러내놓고 환하게 웃는 모습이 참 좋았다.

우리는 아무리 좋게 생각하려 해도 어쩔 수 없이 악동들이었다. 땅벌 오빠스는 무모하다 할 만큼 목숨 걸고 전투에 임하는데 우리도 가끔 오빠스처럼 무모한 일을 했다. 어쩌면 절대 착하지 않다는 구호가 우리를 부추겨 악동으로 만들어 갔다.

그런 면에서 문둥이가 정한 구호는 효과가 있었다. 그렇다고 해서 우리가 매우 나쁜 일을 하는 것은 아니었다. 누구에게 폭력을 가하거나 도둑질하거나 속이거나 하지 않았다. 나쁜 일이라면 서리를 하는 정도였는데 그 정도는 남들도 하니까 괜찮다고 생각했다. 또한, 문둥이는 서리와 도둑질은 분명히 다른 것이라고 주장했다. 서리할 수 있는 것들을 목록으로 정해놓기도 했다. 수박, 참외, 살구, 복숭아는 물론, 엿과 아이스께끼, 닭 등이었다. 하지만 서리는 규칙에 따라 꼭 필요한 만큼만 했다. 만약, 누군가 서리도 나쁜 짓이라고 말한다면 물론 나쁜 짓이다. 하지만 어른들은 대부분 그러려니 했다.

개티오빠스파라는 이름을 정하고 규칙을 만들고 구호를 만든 문둥이는 이름이 문용이라서 문둥이가 됐다. 날렵한 몸과 날카로운 눈빛을 가지고 있어서 그런지 처음 보는 사람들에게는 차가운 인상을 줬다. 문둥이는 말수가 적었지만 성실했으며 무엇보다 약속을 중요시했다. 모든 일에 치밀하면서도 다른 친구를 배려할 줄도 알았다. 학교에서는 줄곧 일등을 도맡아 했다. 마을 사람들은 문둥이를 신동이라고 불렀는데 머리가 비상해서 개티오빠스파 안에서는 전략가로 활약했다. 사실 우리가 계획한 모든 일은 문둥이 머리에서 나왔다.

개티오빠스파는 동네 형들이 부탁한 서리를 하기도 했는데

공짜는 없었다. 돈이나 다른 물건을 받았다. 대장 처지에선 조직을 유지하기 위해 자금이 필요했다. 대장은 뭔가를 잘 먹여야 부하들이 좋아한다고 생각했다. 또한, 비행 날개 제작에 필요한 재료를 얻기 위해서도 자금이 필요했다. 비행 날개를 제작하는 일에서는 모두가 한마음으로 다소니를 도왔다. 하늘을 난다는 것이 정말 가능할지 알 수 없었으나 날 수만 있다면 정말 신나는 일이었다. 재료를 얻는 방법은 단순했다. 가끔 개티 마을에 들어오는 고물상 아저씨에게 필요한 재료를 구해달라고 부탁했다. 그러면 마법이라도 부리는 건지 무엇이든 다 구해줬다. 물론 돈을 지급했다. 고물상 아저씨와 연락하는 일은 꼬룡새가 맡았다. 고물상 아저씨가 팔촌 당숙이라고 했다.

꼬룡새는 용감 무식한 행동파였지만 순수했다. 꼬룡새의 이름은 용세인데 누군가 이름을 비틀어 꼬룡새라고 부르자 모두가 그렇게 불렀다. 얼굴과 덩치가 컸으며 뼈가 굵었다. 자기 말로는 자기 불알이 소불알만큼 크다며 자랑했다. 착하고 순수했으며 친구의 궂은일을 앞장서서 도와줬다. 또 꼬룡새는 대식가였다. 한 번은 동네 형하고 먹기 내기를 했다. 꼬룡새는 앉은 자리에서 그 귀한 라면을 무려 일곱 개나 먹어 치웠고 내기에서 이겼다. 꼬룡새는 또한 넉살이 좋고 창피한 것이 없어서 가끔은 철면피 같은 행동도 서슴지 않았다.

개티오빠스파는 종류를 가리지 않고 서리했다. 엿과 아이스

깨끼 서리도 했다. 보자기는 능청스럽게 연기를 잘했고 누군가를 꼬이는 것도 잘했다. 보자기도 이름이 보라서 보자기라고 불렸다. 꼬룡새와는 대조적으로 덩치가 작고 날씬했다. 또 능청스러운 연기를 잘했다. 따사롭고 나른한 봄날이었다. 엿장수가 마을에 들어왔다. 보자기와 기울배기가 엿장수에게 다가가 짜놓은 각본대로 바람을 잡았다. 엿장수는 손수레를 길가에 두고는 아무런 의심 없이 보자기를 따라 최 선생님 집으로 갔다. 엿장수는 최 선생님 집에서 멀쩡한 자전거를 들고나오다가 최 선생님 댁 아주머니와 싸움이 붙었다. 엿장수가 고래고래 고함치며 손수레로 돌아왔을 때 아이들은 이미 사라지고 없었다. 물론 엿판에 있던 엿의 절반도 사라지고 없었다.

 화난 엿장수는 이장 아저씨를 찾아가 이 일을 일렀다. 하지만 엿장수는 우리가 누군지 정확히 알지 못했다. 그런데도 이장 아저씨는 당연하다는 듯 우리를 불렀다. 사실 우리 말고는 그런 일을 할 만한 아이들이 없었다. 보자기와 기울배기는 빠지고 나머지 아이들이 이장 아저씨에게 갔다. 이장 아저씨가 사실대로 말하면 용서해주겠다고 하자 몽상가가 나섰다. 몽상가는 타고난 언변으로 둘러댔다. 우리 친구들은 학교에서 나머지 공부를 하고 오느라 늦게 왔는데 누가 그런 짓을 했는지는 모르겠다고 했다. 기울배기와 보자기는 아직도 나머지 공부를 하고 있다고 했다. 게다가 몽상가는 한술 더 떠 우리가 그런 일이나 하겠냐며 서운하다고 말했다. 그러자 이장 아저씨는 어쩔 수 없이 돈 몇 푼을 엿장수에게 지어주고는 돌려보냈다.

그렇게 봄이 지나고 한여름이 오자 아이스께끼 장수도 같은 수법으로 당했다. 또다시 몽상가가 어른들 앞에 나서서 일을 처리했다. 하지만 이 서리는 그 이후로 두 번 다시 하지 않았다. 문둥이가 왠지 양심이 허락하지 않는다며 하지 말자고 했다. 아저씨들이 힘들게 수레를 끌고 다니며 장사하는데, 그러면 안 될 것 같다고 했다. 이것은 서리가 아니고 도둑질인 것 같다고 했다. 우리 모두 동조했다. 문둥이는 그렇게 자기가 만든 규칙을 합리적으로 다듬어 갔다.

몽상가는 무게 잡기를 좋아해 남들에게 잘 보이려고 노력했다. 전혀 철학적이지 않은 몽상가는 단지 이름이 몽이라서 몽상가가 됐다. 몽상가는 추진력도 있고 통솔력도 있어서 학교에서는 줄곧 반장을 했다. 개티오빠스파 안에서는 가끔 대장을 대신해 임시 대장을 했으나 뒷일을 생각하지 않는 무모함이 있었다. 그래서 누군가를 선동해 사건을 많이 만들어 냈다. 그래도 뛰어난 언변을 가지고 있어서 대부분 사건은 잘 처리했다. 몽상가는 대외적으로는 대장을 대신한 대리인이었다. 대장이 어른들과는 대화하기를 싫어했기 때문에 대리인이 필요했다. 다소니는 처음 몽상가라는 별명을 듣고는 혹했다고 했다. 하지만 점차 몽상가와는 거리를 두었다. 이유는 알 수 없었으나 다소니는 몽상가처럼 말 잘하는 사람을 불편해했다. 그런데도 몽상가는 다소니가 외계인이라며 좋아했다.

 서리 중에서도 가장 짜릿한 것은 두꺼비아저씨네 닭장이었다. 두꺼비아저씨네 닭장 서리는 개티오빠스파가 결성되기 전까지는 누구도 시도해 보지 않았다. 두꺼비아저씨의 끈질긴 추적을 감당해 낼 자신이 없었기 때문이다. 우리뿐만 아니라 다른 아이들도 두꺼비아저씨가 아이들을 괴롭히는 재미로 산다고 믿었다. 남녀를 불문하고 어떻게든 두꺼비아저씨에게 골탕먹지 않은 아이가 없었다. 그래서 두꺼비아저씨에게 복수하고 싶어 하는 형들이 많았다. 그러나 한번 걸리면 끝장을 봤기 때문에 복수는 쉽지 않았다. 어설프게 복수했다가는 어떤 식으로든 고통을 감수해야만 했다. 그래서 그랬는지 문둥이는 도전 의식을 가졌다. 어느 날 형들이 두꺼비아저씨네 닭장을 꼭 찍어 서리를 부탁하자 빙그레 웃었다. 우리는 망설이지 않았다. 위험성이 큰 만큼 수입이 꽤 짭짤했다. 그러나 두꺼비아저씨네 닭장을 서리하는 것이 무엇보다 신나는 것은 짭짤한 수입 때문만은 아니었다. 드디어 복수할 기회를 잡았기 때문이었다. 지난봄 개바위 앞에서 단체로 벌거벗었던 수모를 갚아줄 절호의 기회였다. 살구를 따 먹는 정도로는 만족할 수가 없었던 거다.

우리에게는 닭서리의 귀재 기울배기가 있었다. 기울배기의 닭서리 기술은 간단하고도 정교했다. 기울배기는 일단 닭장에 들어가면 귀신처럼 닭을 들고나왔다. 닭은 꼬꼬댁 소리는 고사하고 잠꼬대조차 하지 않았다. 그 기술은 이랬다. 닭장에 들어간 기울배기는 일단 두 손을 마구 비벼 따듯하게 했다. 그런 다음 잠자고 있는 닭의 양쪽 날갯죽지 안으로 두 손을 살며시 집어넣었다. 그러면 닭은 기분이 좋아져 아무런 반항도 하지 않았다. 심지어는 계속해서 잠을 잤다. 그렇게 아주 조용히 닭을 들고나왔다. 매우 간단한 기술이었으나 기울배기만 할 수 있는 기술이었다. 다소니는 직접 서리하지 않았음에도 기울배기의 이 기술을 배우고 싶어 했다. 두어 번 기울배기를 따라가더니 금세 터득했다. 다소니는 동물의 습성 같은 것을 새롭게 알게 되면 매우 좋아했다. 학교에 다니지 않았음에도 무엇이든 배우는 것을 좋아했다.

 기울배기는 잠이 많고 게을러 모든 일에 늑장을 부렸다. 그래서 규라는 이름하고는 상관없이 기울배기가 됐다. 그만큼 귀찮은 것을 싫어했다. 다리가 길고 날씬했으며 유난히 머리털이 굵고 검었다. 다소니는 기울배기를 좋아했다. 기울배기는 무엇보다 우리 마을 근처에 있는 산과 들에 대해 잘 알고 있어서 마와 더덕, 잔대 같은 것을 잘 찾았다. 또 개다래나무와 산포도나무, 개살구나무가 산속 어디에 있는지 다 알고 있었다. 그래서 그랬는지 혼자 놀기 좋아하는 다소니는 이런 기울배기를 자주 따라다녔다. 기울배기도 싫어하지 않았다.

닭서리의 귀재 기울배기가 있었음에도 우리는 몇 번이고 상황을 연습했다. 그만큼 두꺼비아저씨네 닭장은 위험성이 컸다. 그것을 알면서도 우리는 누구 하나 주저하거나 망설이지 않았다. 드디어 두꺼비아저씨네 닭장에서 커다란 암탉 한 마리를 들고나왔다. 서리를 부탁한 형들은 야호! 환호하더니 십 년 묵은 체증이 싹 내려갔다고 했다. 기울배기를 내세운 우리는 두 번까지 무사히 성공했다. 그러나 세 번째는 운이 좋지 않았다. 자신감을 얻은 우리는 상대가 두꺼비아저씨라는 것을 간과하고 말았던 거다.

두 번째 성공한 이후 불과 일주일 만에 다시 도전했다. 적어도 한 달은 간격을 뒀어야 했는데 자만했다. 게다가 두꺼비아저씨가 몇 날 며칠을 벼르고 있었던 모양이었다. 그날은 다소니가 기술을 배우기 위해 기울배기와 함께 닭장에 들어갔다. 다소니가 닭 날갯죽지에 막 손을 집어넣으려던 참이었다. 그때 망을 보던 헌신짝 앞에 두꺼비아저씨가 불쑥 나타났다. 헌신짝은 순식간에 윗옷을 벗어 두꺼비아저씨의 눈을 가리며 달려들었고 닭장 안에 있던 기울배기와 다소니는 뒤돌아보지 않고 도망쳤다. 둘 다 동작이 귀신처럼 빨랐다.

이런 일이 생길 경우를 대비해 우리는 미리 규칙을 정해놓

앉다. 가능하면 한 명이 모든 책임을 덮어쓰기로 약속되어 있었다. 헌신짝이 제일 먼저 눈에 띄었으니 헌신짝이 책임져야 했다. 최대한 피해를 줄이자는 것이 규칙을 만든 문둥이의 생각이었다. 일이 커지면 개티오바스파가 해산될 수 있었으므로 그것을 미리 예방하자는 차원이었다. 헌신짝은 공범은 물론 서리를 부탁한 동네 형들의 이름까지도 밝히지 않고 끝까지 함구했다. 그러자 두꺼비아저씨는 당연하다는 듯 헌신짝을 앞세워 헌신짝 집으로 찾아갔다.

깜깜한 한밤중에 동네가 발칵 뒤집혔다. 마을 사람들이 헌신짝 집으로 모여들었다. 기울배기와 다소니를 제외한 부하들도 헌신짝 집으로 갔다. 사람들이 모여들자 두꺼비아저씨는 야릇하게 미소 지었으나 헌신짝은 결코 입을 열지 않았다. 보다 못한 헌신짝 아버지가 작대기를 집어 들고 엉덩이를 때렸으나 끝내 토설하지 않았다. 그러자 헌신짝 아버지는 자기도 모르겠으니 죽이든 살리든 마음대로 하라며 방으로 들어가 버렸다. 마을 사람들이 두꺼비아저씨를 바라보며 해도 너무한다는 듯 눈살을 찌푸렸다. 순간 심술쟁이 악당 두꺼비아저씨의 표정이 일그러졌다. 결국, 끝까지 물고 늘어지는 두꺼비아저씨도 두 손 두 발 다 들고 돌아갔다. 그 뒷모습이 몹시 쓸쓸했다. 헌신짝이 혼자서 그 고통을 다 이겨냈던 거다. 헌신짝은 매우 아팠겠으나 우리는 속으로 통쾌하고 뿌듯했다. 하지만 하늘은 우리와 다르게 갑자기 비를 뿌렸다. 마치 두꺼비아저씨가 심술이라도 부리듯 기나긴 장마가 시작됐다.

헌신짝은 별명과 다르게 우직했다. 단지 이름이 헌식이라서 헌신짝이 됐다. 헌신짝은 생김새가 다부졌고 힘이 셌고 늘 조용했다. 개티오빠스파 안에서는 말없이 행동하는 행동파로 언제나 듬직하고 입이 무거웠다. 늘 뭔가를 생각하는 것 같았으나 자기 생각을 쉽게 표현하지는 않았다. 또한, 궂은일에 항상 앞장섰지만, 자기가 아니라고 생각하는 일에는 절대 나서지 않았다. 몽상가는 그런 헌신짝을 보고 똥고집이라고 말했고 다소니는 마음이 착해서라고 말했다. 내 생각에 헌신짝은 고집이 센 것도 맞고 마음이 착한 것도 맞았다.

우리는 속으로 그날의 일을 놓고 은근히 우리의 승리라고 생각했다. 또 그 승리에 도취했다. 하지만 우리의 크나큰 착각이었다. 두꺼비아저씨는 포기하지 않았다. 두꺼비아저씨는 그때부터 절치부심 때를 기다리며 우리를 추적하기 시작했다. 나중에 재앙을 당하고 나서야 비로소 알게 된 사실이지만, 두꺼비아저씨는 우리가 안심하고 있는 사이에 뱀이 먹이를 사냥하듯 서서히 집요하게 파고들었다. 우리는 또다시 두꺼비아저씨의 집요함을 간과했다. 설마 어른이 아이들을 대상으로 그렇게까지 할 줄은 몰랐다. 아무래도 장마가 문제였다. 오랫동안 비가 내리자 우리가 경계 태세를 늦추고 안이했던 거다.

특별한 재능이 없는 나는 무엇이든 기록하는 것을 좋아했다. 마을 사람들과 관련된 이야기를 수집하고 정리했다. 또한 대장이 개티오빠스파 안에서 일어나는 모든 일을 나에게 기록하라고 했다. 나무에 올라가는 것도 싫어하고 사냥하는 것도 싫어하고 서리하는 것도 싫어하는 내가 개티오빠스파 안에 존재하는 이유는 오직 하나 기록 때문이었다. 기록하다 보니 나름의 사명 의식도 생겼다. 사실 나는 여덟 살 때부터 기록을 시작했다. 기록을 시작한 어떤 특별한 계기는 없었다. 그냥 기록하는 것이 좋았다. 내가 기록했던 내용 중에 가장 흥미로운 건 역시 개티오빠스파에 관한 이야기들이었다. 그렇게 개티오빠스파는 나의 전부가 되어갔다.

그러다가 또 다른 아이들이 우리 앞에 나타났다. 두꺼비아저씨가 몰고 왔던 심술궂은 장마가 끝나고 뜨거운 여름이었다. 나는 봄부터 여름까지 다소니와 대장에게 깊이 빠져있었다. 내가 기록하는 것 중 가장 흥미로운 것은 역시 다소니와 대장에 관한 것이었다. 그러던 어느 날 아주 흥미로운 아이들이 우리 마을에 나타났다. 이 아이들은 처음부터 다소니나 대장 못지않게 호기심을 자극했다. 또 다소니나 대장을 처음 보았을 때와는 뭔가 분위기가 매우 달랐다. 다소니를 처음 보았을 땐 두근두근 설렜으나 이 아이들을 처음 봤을 땐 까닭 없이 가슴이 벌렁거리고 얼굴이 화끈거렸다.

8

 어느 일요일 아침, 갑자기 빵빵! 자동차 소리가 집 앞 골목에 메아리쳤다. 다소니네 집에서 나는 소리였다. 파란 철 대문이 활짝 열려있었고 커다랗고 시커먼 자동차가 마당 한가운데 떡하니 서 있었다. 처음 보는 멋진 자동차였다. 지도자 아저씨와 다소니 엄마는 차에서 내린 아저씨 아줌마와 인사를 나눴다. 두 아저씨는 꽤 친한 친구 같아 보였다. 그때 차 뒷문이 열리더니 두 여자아이가 내렸다. 아! 머리끝에서 발끝까지 하얗게 눈부셨다. 괜히 가슴이 콩닥거렸다. 큰아이는 흰색 원피스에 검정 구두를 신었고 작은 아이는 흰색 원피스에 빨간 구두를 신었다. 사람이 어떻게 저렇게까지 반짝일 수가 있는지! 천사가 있다면 바로 저런 모습일 것만 같았다.

 잠시 후 다소니 엄마가 다소니를 불렀다. 집에 온 손님들에게 인사시키려는 것 같았다. 그러나 다소니는 대답하지 않았다. 그 순간 혹시나 하고 다락방 창문을 올려다봤다. 창문에 검은 그림자가 비쳤다. 다소니가 다락방에 있다는 것을 알 수 있었다. 다소니는 자기네 집에 누군가 손님이 오면 다락방으로 숨어들어 마당을 살피곤 했다.

 나는 담장 밖을 돌아 대문 반대쪽에 있는 닭장 쪽으로 갔다. 다소니가 닭장 쪽에서 담장을 넘어 도망치듯 산으로 피할 거라는 것을 알고 있었다. 마침 다소니는 다락방에서 부엌으로 내려와 뒷문으로 나왔다. 내가 담장 밖에서 손짓하자 다소니는 조용히 하라며 검지로 입을 막고는 담장을 넘었다. 다소니는 담장 밖에서 다시 닭장에 붙어 있는 커다란 감나무에 올라갔다. 다소니는 감나무 속에 숨어 마당을 살폈다. 무성한 나뭇잎이 다소니를 가렸다. 다소니는 아주 민첩했는데 나무를 스치는 소리조차 들리지 않았다. 평소였다면 낯선 사람과 인사하는 것이 두려워 산으로 피했을 텐데 지금은 마당에 있는 아이들이 궁금한 모양이었다. 어쩌면 다소니도 나처럼 천사를 봤는지도 모른다. 두 아이는 꽃처럼 화사하면서도 무지개처럼 연하게 빛났다.

다소니를 지켜주기 위해 다시 담장을 돌아 대문 앞으로 갔다. 대문 앞에 서서 감나무를 바라보자 감잎들이 아침 햇살과 부딪쳐 눈부셨다. 대놓고 쳐다볼 수 없어 천사 아이들의 얼굴을 자세히 살필 수 없었다. 얼굴을 보려고 하자 괜히 심장이 벌렁거리기도 했다. 그런데 시간이 지나자 아이러니하게도 천사 아이들이 무서워졌다. 무엇보다 작은 천사 아이의 쾌활한 인사성과 자신감 넘치는 행동이 무서웠다. 또 그 순간 내 모습이 괜히 초라했다.

순간 다소니는 어떤지 궁금했다. 다소니는 낯선 사람을 보면 본능적으로 경계했다. 내가 다소니에 관해 수집한 내용에 따르면, 다소니는 지극히 멀쩡해 보이는 사람, 혹은 명랑하거나 말 잘하는 사람, 반듯한 사람, 사람들이 저 사람은 괜찮은 사람이라고 말하는 사람, 이런 사람들을 특히 더 불편해했다. 그래서 말 잘하는 몽상가가 불편했던 거다. 그렇다면 지금 다소니도 작은 천사 아이가 무서울지 모른다.

그런데 큰 천사는 도통 말이 없었다. 큰 천사는 작은 천사를 바라보며 이따금 미소 지을 뿐이었다. 큰 천사는 작은 천사보다 서너 살 더 많아 보였다. 그러고 보니 우리 또래라기보다는 숙녀라는 느낌이 들었다. 다소니 엄마가 다시 다소니를 찾았다.

"다소니! 어디 있니? 친구 왔어."

친구라고 하는 것을 보면 작은 아이의 나이가 우리 또래인 모양이었다. 다소니는 숨죽이고 가만히 있었다. 그때 여기저기 두리번거리며 돌아다니던 작은 천사 아이가 감나무를 바라보며 손을 들었다. 저런! 다소니와 눈이 마주쳤나 보다. 작은 천사는 지나치게 밝은 시력을 가지고 있는 듯했다. 다소니는 얼마나 놀랐는지 감나무에서 내려오다가 닭장 함석지붕 위로 쿵! 떨어졌다. 다소니에게 달려갔을 때 다소니는 벌써 지붕에서 내려와 뒷산으로 뛰어 올라갔다. 다소니가 나무에서 떨어지다니! 원숭이도 나무에서 떨어진다더니, 나무 오르기 승자의 명색이 말이 아니었다. 다소니를 쫓아갔으나 따라잡을 수는 없었다. 다소니는 평지에서도 우리보다 빨랐지만, 산에선 훨씬 더 빨랐다. 더구나 지금은 얼굴까지 빨개졌을 테니 더 빨랐다.

 헐떡거리며 뒷골 할아버지 묘지 앞에 거의 도착했을 때, 다소니가 돌연 산에서 뛰어 내려왔다. 다소니가 나를 보더니, 묘지 옆에 사람이 쓰러져 있다고 했다. 무슨 일이냐고 물으려는데 다소니는 벌써 저만치 내려갔다. 다소니를 따라 내려갔다. 윗샴에서 현자네 아저씨를 만났다. 윗샴은 마을에서 가장 높은 곳에 자리한 샘터였다. 아마도 샘이 마을 위쪽에 자리했다는 뜻으로 윗샘이라고 부르다가 언젠가부터 발음이 강해져 윗샴이 된 것 같았다. 상수도가 설치되기 이전에는 마을 사람들이 이곳에서 물을 길어다 먹었다. 샘물은 단 한 번도 마른 적이 없었고 한겨울에도 얼지 않았다. 샘터 앞에는 빨래터가 있어 동네 아주머니들의 놀이터 역할을 했다. 아주머니들은 이곳에 모여 빨래도 하고 이런저런 얘기도 나눴다. 이곳에서 정보를 수집하고 다시 새로운 정보를 나눴던 거다.
 현자네 아저씨가 빨래터에서 손을 씻었다. 다소니는 다짜고짜 뒷골 할아버지 묘지 앞에 어떤 사람이 쓰러져 있다고 말했다. 다소니는 그렇게만 말하고 또다시 산으로 뛰어 올라갔다.

나와 아저씨가 묘지에 도착했을 때, 다소니는 쓰러져 있는 어떤 사람 옆에 서 있었다. 아저씨가 가까이 다가가 엎어져 있는 사람을 바로 뉘었다. 아저씨는 곧바로 몸을 돌려 앉으며 다소니의 시선을 막았다. 하지만 다소니는 이미 모든 것을 보았는지 꽤 놀란 표정이었다. 다소니에게 다가가다가 다소니의 낯빛을 보고는 그 자리에 멈춰 섰다. 쓰러져 있는 사람을 보지 않는 것이 좋을 것 같았다. 아저씨는 우리를 향해 돌아앉더니 마을로 내려가 어른들에게 알리라고 했다. 윗개티에 사는 박 씨가 죽었다고 했다. 윗개티에 사는 박 씨라면 영구 아버지였다. 마을로 내려가면서 다소니가 내게 영구 아버지의 상태를 자세히 설명했다. 다소니는 평소에 말이 없으면서도 이런 부분에서는 명확하고 자세하게 설명하곤 했다.

"영구 아버지는 얼굴이 시커멓게 멍들었는데 통통 부어올랐어. 팔뚝과 장딴지 또한 여기저기가 시커멓게 부어 있었고. 뱀이나 짐승에게 물렸거나 벌에게 쏘인 것이 분명해."

잠시 후 어른들이 뒷산으로 올라갔다. 마을 전체가 해종일 어수선했다. 그 바람에 천사 자매가 어떻게 돌아갔는지는 알 수 없었다. 까닭 없이 서운하고 아쉬웠다. 다소니와 나는 저녁노을이 뒷산을 붉게 물들이고 있을 때 다시 현장으로 갔다. 영구 아버지가 쓰러져 있던 곳은 묘지의 왼쪽 비탈이었다. 그런데 묘지의 오른쪽 비탈에도 풀들이 모두 쓰러져 있었다. 쓰러진 풀들은 들짐승이나 누군가가 나뒹군 흔적처럼 보였다. 그곳을 살피다가 술병을 발견했다. 술병엔 술이 어느 정도 남아 있었다. 다소니는 냄새를 맡더니 아직도 술 냄새가 남아있다고 했다. 영구 아버지는 거의 날마다 커다란 술병을 들고 다녔었다.

  영구 아버지의 장례가 치러지는 동안 몇몇 어른들이 둘러앉아 이런 이야기를 나눴다.
  "허구한 날 술에 취해 살더니 결국은 이렇게 됐어. 그거참."
  "그러게, 그놈의 술이 결국 일을 냈구먼."
  "술을 얼마나 마셨던지, 얼굴이며 온몸이 빨갛게 부어 있더구먼."
  "처음에는 얼굴도 못 알아봤다니까."
  그러자 안산할아버지가 이렇게 말했다.
  "그만하게. 박 씨도 월남전에 갔다 오더니 그렇게 되지 않았나. 전쟁 그게 병이여. 몹쓸 병에 시달려서 사람이 그 모양이 된 거여. 불쌍한 사람이란 말이네."
  월남전과 몹쓸 병이라는 말이 내 귀에 생생하게 울렸다. 그러나 누구도 영구 아버지가 뱀에게 물렸거나 벌에 쏘인 것 같다는 말은 하지 않았다. 그저 술을 많이 마신 후 비탈에서 굴렀고 어딘가 부딪혀 죽었다고만 말했다. 경찰도 다녀갔지만,

현장은 확인하지 않은 채 어른들의 말만 듣더니 시신만 확인하고 그냥 돌아갔다. 최초 목격자는 현자네 아저씨가 됐고 이 사건에서 나는 물론이고 다소니도 제외됐다. 물론 마을 어른들이 열두 살 아이들에게 베푼 배려였다. 이렇게 해서 이 사건은 유일하게 다소니에게만 의문의 죽음이 됐다. 물론 나도 다소니 생각에 동조했으며 다소니가 말한 모든 것을 기록했다. 다소니는 진짜 살인범을 꼭 알아내고 싶어 했지만, 어른들에게는 자기가 품고 있는 의문을 말하지는 않았다. 다만, 빈소를 지키고 있는 땅꾼 영구에게만은 자기가 믿고 있는 사실을 말해줬다. 다소니는 뱀 잡는 영구하고는 두 번 다시 말하고 싶어 하지 않았음에도 사실을 알려줘야 할 것 같다고 했다.

"아저씨는 술에 취해서 돌아가신 게 아니야."

"그게 무슨 말이야?"

"벌이나 뱀에게 당했을 거야."

"뭐라고?"

"내가 처음 목격자였어."

영구는 다소니를 뚫어지라 쳐다봤다. 영구도 아버지의 시신을 보고는 뭔가 이상하다는 느낌이 들었다며, 다소니의 말을 믿는 듯했다. 나중에 영구에게 말해 준 이유를 물었더니 다소니는 친아빠가 생각났다고 했다. 영구 처지에서 보면 자기 아버지가 술에 취해 허망하게 죽었다고 기억하는 것은 좋을 것 같지 않다고 했다. 그 순간 다소니가 매우 어른스럽게 느껴졌다. 그러고 보니 다소니 친아빠도 말벌에게 당했었다. 다소니가 내색하지는 않았지만, 친아빠를 그리워하는 것이 분명했다. 다소니에게 친아빠에 대한 정이 없을 거라고 단정했던 내가 어리석었다. 살가운 정은 없을지 몰라도 그리움은 누구보다 깊었을 텐데, 내 생각이 짧았다.

  하지만 얼마 후 다소니는 영구에게 말해 준 것을 후회했다. 영구는 장례가 끝나고 난 뒤, 마치 복수라도 하듯 더 많은 뱀을 잡았다. 그러자 얼마 후 구환이 아저씨네 항아리가 또 깨졌다. 다소니가 돌멩이를 집어 던지자 항아리가 와장창 무너졌다. 그때 어디선가 까치 두 마리가 날아와 뱀 한 마리를 양쪽 끝에서 물고 뜯었다. 내가 까치를 쫓아버리려고 하자, 다소니가 말렸다. 내가 물었다.

 "뱀을 살리려는 게 아니었어?"
 "저건 자연스러운 일이잖아, 대장이 사냥하는 것처럼."

  자연스러운 일! 다소니는 내가 십이 년 인생을 살면서 그때까지 들었던 말 중에서 가장 어려운 말을 했다. 동물이 하는 행동은 대부분 자연스러운 일이라고 했다. 반면 사람이 하는 일은 대부분 부자연스럽다고 했다. 그러니까 까치 두 마리가 뱀을 잡아먹기 위해 양쪽에서 물어뜯는 것은 자연스러운 일이고, 영구와 구환이 아저씨처럼 뱀을 잡아 항아리에 가두는 것은 부자연스러운 일이라는 거다. 까치 두 마리는 먹고살기 위한 것이고 영구와 구환이 아저씨는 돈을 벌기 위한 것이라고 했다. 그렇게 설명하자 자연스러운 것과 부자연스러운 것의 차이를 대략이나마 알 것도 같았다. 다소니는 이런 말들을 어떻게 다 생각하고 말하는지 알 수가 없었다. 다만, 다소니 친아빠가 남겼다는 책들 속에 이런 말들이 있을 거라고 짐작했다. 어쩌면 다소니가 진짜 몽상가인지도 몰랐다.

한 가지 의문이 드는 것은 대장에 관한 것이었다. 다소니는 대장이 사냥하는 것을 자연스럽다고 했다. 대장은 분명 사람인데 어떻게 자연스러운 것인지 궁금했다. 내가 대장이 동물 같으냐고 묻자 다소니는 빙그레 웃으며 말했다.
"보통 사람과는 아주 다르잖아!"
생각해 보면 다소니의 말이 맞았다. 대장은 분명 달랐다. 과장을 덧붙이자면 대장은 사람보다는 늑대인간, 그러니까 타잔에 더 가까웠다. 그러고 보니 다소니는 정글북 소년 모글리와 비슷했다.

9

 영구 아버지의 장례가 끝난 다음 날 가슴 벌렁거리는 일이 다시 일어났다. 천사 식구가 아예 지도자 아저씨, 그러니까 다소니네 사랑채로 들어왔다. 작은 천사와 큰 천사, 아줌마까지 세 명이었다. 천사들의 아버지는 보이지 않았다. 알고 보니 천사 아버지와 지도자 아저씨는 군대 전우라고 했다. 지난번엔 주눅이 들어 천사 자매의 얼굴을 제대로 쳐다보지 못했지만, 이번엔 이삿짐을 날라준다는 핑계로 힐끗힐끗 천사 자매의 얼굴을 살폈다. 자매는 둘 다 눈이 컸다. 작은 천사는 만화주인공 캔디가 연상됐고 큰 천사는 왠지 수녀나 선생님이 연상 됐다. 작은 천사의 이름은 은영이었고 큰 천사의 이름은 은수였다. 그런데 작은 천사가 지난번과는 달리 아주 조용했다. 시골로 이사 온 것이 마음에 들지 않는지 슬퍼 보였다.

 그날 밤 다소니는 지도자 아저씨와 엄마가 나누는 이야기를 우연히 엿들었다고 했다.
 "그 친구는 회사가 부도나자 도망 다니는 모양이야."
 "그럼, 회사가 망한 거예요?"
 "그런 거 같아."
 "저런! 아이들은 어쩐대요? 더구나 큰아이는 말을 하지 않던데요."

"그러게. 처음부터 말을 못 했다고 하더라고."

"아이들이 참 맑고 예쁘던데, 참 안됐어요."

이튿날 다소니는 아침 일찍 집에서 나와 마을 어귀에 있는 둥구나무에 올라갔다. 짐작하건대 천사 식구와 인사하는 것이 두려웠을 거다.

그런데 학교에서 돌아왔을 때 다소니가 쓰러졌다고 했다. 다소니에게 달려가자 은영이 금방이라도 울 것만 같은 얼굴을 하고는 마루에 걸터앉자 있었다. 나는 뭔가 말을 걸고 싶었으나 아무 말도 못 하고 서성거렸다. 잠시 후 다소니 엄마가 은영과 나를 불렀다. 우리가 방으로 들어가자 다소니가 우리를 힐끗 보고는 다시 눈을 감았다. 은영과 나는 방에서 나와 사랑채 마루에 걸터앉았다. 그제야 처음으로 은영과 인사를 나눴다. 이사하던 날은 웬일인지 슬퍼 보여서 미처 인사를 나누지 못했었다. 다소니가 왜 기절했냐고 물었더니 갑자기 깔깔깔 웃었다. 개티 마을에서 자기에게 먼저 말을 걸어준 아이는 내가 처음이라고 했다. 나는 괜히 기분이 좋았다. 깔깔 웃던 은영은 놀랍게도 다소니와 함께 둥구나무에 올라갔었다고 했다.

은영이 들려준 이야기는 이랬다. 은영은 아침 식사를 마치고 다소니를 찾으러 돌아다니다가 둥구나무 밑에 앉아있었다. 한순간 나무 위에서 다소니가 갑자기 뛰어내렸다. 은영과 다소니는 아주 가까이에서 마주쳤다. 은영이 깜짝 놀라 눈을 휘둥그레 떴을 때, 다소니는 벌써 둥구나무 위로 기어 올라가 보이지 않았다. 은영이 물었다.

"네가 다소니 맞지? 도대체 어디에 있는 거야?"

다소니는 대꾸하지 않았다. 그러자 은영이 자기도 나무에 올라가야겠다며 다소니에게 도와달라고 했다. 다소니는 이번에도 대꾸하지 않았다. 잠시 후 은영은 쿵! 소리와 함께 엄마! 하고 비명을 질렀다. 그제야 다소니가 나무 밑을 내려다봤다. 은영이 올라가려다가 미끄러져 발라당 자빠진 거였다. 잠시 후 다소니는 나뭇가지에 거꾸로 매달려 은영에게 손을 내밀었다. 은영이 손을 잡자, 능숙하게 끌어 올렸다. 다소니는 삐쩍 마른 몸뚱이와는 다르게 힘이 셌다. 조심하라고 했다.

"조심해, 저 밑에 웅덩이가 있어."

은영은 다소니가 가리키는 밑을 내려다봤다. 굵은 나무 밑동은 속이 텅 비어 있었다. 다소니는 저 속에 아이를 집어삼킬 만큼 커다란 구렁이가 산다고 말했다. 은영이 정말이냐고 거듭 물었으나 다소니는 더 대꾸하지 않았다. 다소니는 아지트까지 걸어 올라갔고 은영은 다소니를 따라 기어 올라갔다. 가지가 굵고 경사가 심하지 않아 기어 올라갈 수 있었다. 비스듬히 사 미터쯤 올라가자 움푹 파인 공간이 나왔다. 아지트를 본 은영은 정말 신기하다며 호들갑을 떨었다. 다소니는 은영에게 아지트에 들어가 앉아보라고 했다. 은영은 다소니의 얼굴을 빤히 쳐다보고 나서 그곳에 들어가 앉았다. 은영은 기지개를 켜며 하늘을 올려다봤다. 그러더니 '어머! 별이야!'라고 소리쳤다. 다소니도 올려다봤다. 나무 꼭대기에 매달린 나뭇잎이 별처럼 반짝거렸다.

다소니가 갈 곳이 있으니 그만 내려가자고 하자 은영이 손을 내밀었다. 다소니가 살며시 손을 잡자 은영이 다소니의 손을 꽉 잡았다. 다소니는 은영을 아지트에서 끌어냈다. 그런데 문제가 생겼다. 올라올 땐 잘 올라오더니 막상 내려가려 하자 은영이 머뭇거렸다. 은영은 이렇게까지 높은 곳엔 처음 올라왔다고 했다. 다소니가 물었다.

"그런데 왜 올라온 거야?"

"그래야 너와 친해질 것 같아서."

"왜 친해져야 하는데?"

"난 지금 친구가 필요해."

간신히 나무에서 내려오자 은영이 또다시 다소니의 두 손을 꽉 움켜잡았다. 은영은 다소니가 어디 가는지도 모르면서 자기도 데려가라며 다소니의 손을 놓지 않았다. 그러자 다소니가 갑자기 푹 쓰러졌다. 짐작하건대 다소니는 은영의 손을 잡은 순간부터 가슴이 두근댔고, 또 은영의 손을 뿌리치지 못하자 혼절한 것 같았다. 은영이 지나치게 명랑했으니까, 다소니는 은영이 불편했을 것이 뻔했다.

　가까이에서 보니 은영의 커다란 눈동자는 깨끗하고 맑았다. 은영은 지금껏 내가 보았던 그 어떤 여자아이보다 잘 웃고 명랑했다. 은영을 보고 있자니 자꾸만 심장이 두근거렸다. 그런데 깔깔 웃던 은영은 금세 다소니를 걱정했다. 커다란 눈망울 속에 다소니를 걱정하는 마음이 가득 담겨있었다. 순간 까닭 모르게 서운했는데, 나는 그것이 질투였다는 것을 나중에 알게 됐다. 질투! 이 새로운 감정! 어떻게 기록해야 할까? 고민 끝에 은영은 누구에게나 예쁘게 잘 웃지만, 특히 다소니 앞에선 더 잘 웃는다고 기록했다. 그날 둥구나무도 기록했다.

　(<u>기록</u>) 둥구나무는 커다란 느티나무다. 사람들은 이 나무를 동구나무, 또는 정자나무라고도 한다. 둥구나무는 밑동 둘레가 팔 미터가 넘는다. 이 나무가 만들어 내는 그늘은 마을 사람들이 모두 모여도 다 감싸 안고 남을 만큼 넓다. 해마다 팔월 둘째 주 여름밤에는 마을 사람들이 이 나무 밑에 모여 노래자랑 대회를 한다. 어른들은 둥구나무가 오백 년이나 살았다고 하지만 정확한 나이는 아무도 모른다. 나무는 사 미터 정도의 높이에서 줄기가 다섯 개의 가지로 뻗어나간다. 가지들의 굵기는 드럼통처럼 굵다. 북서쪽으로 뻗어나간 가지를 타고 올라가면 중간에 움푹 파인 곳이 있다. 다소니는 그곳에 자기

만의 아지트를 만들어 놓았다. 용필이 형이 마을에 있었을 땐 용필이 형의 아지트였다. 즉, 나무 오르기 승자만이 가질 수 있는 아지트였다. 나는 나무에 오르는 것을 싫어했기 때문에 그 모양이 어떤 모양인지는 정확히 알지 못한다. 다소니의 말에 의하면 커다란 새 둥지 같다고 했다. 그곳에 누우면 나뭇잎 사이사이로 하늘이 언뜻 보인다고 했다. 또 그곳에서 하늘을 올려다보면 나무 꼭대기에 매달린 나뭇잎이 햇살을 받아 보석처럼 빛난다고 했다. 은영이 그 모양을 보고는 별이라고 했던 거다.

이 아지트를 왕래하는 것은 대장과 다소니뿐이다. 우리 마을 아이들은 둥구나무에 올라가지 않는다. 이 나무 밑동은 마치 깊은 웅덩이처럼 속이 텅 비었다. 나무가 나이를 먹고 늙자 속이 텅 빈 거다. 어른들은 아이들이 그곳에 빠질까 염려가 되어 그 웅덩이에 커다란 구렁이가 산다는 이야기를 만들어 냈다. 또 그 구렁이가 아이들을 한입에 꿀꺽 삼킨다고 했다. 아이들은 나이가 어느 정도 먹고부터 어른들의 말을 믿지는 않았으나 아이들은 으레 둥구나무엔 올라가면 안 된다고 생각했다. 아주 어려서부터 들었던 무시무시한 구렁이 이야기가 나름 톡톡히 효과를 발휘했던 거다.

이튿날 다소니는 아주 멀쩡했다. 일어나자마자 나를 데리러

왔다. 나는 개교기념일이라서 학교에 가지 않았다. 내가 학교에 가지 않은 것을 어떻게 알았냐고 묻자, 다소니는 오히려 정말 가지 않아도 되느냐고 반문했다. 그러더니 학교보다 더 중요한 일이 있다고 했다. 사실 학교에 가는 것보다 다소니를 따라다니는 일이 훨씬 재밌었다. 다소니는 지난밤 꿈에 죽은 영구 아버지가 퉁퉁 부은 얼굴로 찾아왔었다고 했다. 우리는 며칠 동안 의문의 죽음을 맞이한 영구 아버지를 잊고 있었는데 다소니가 그 의문을 풀어보자고 했다. 우리는 뒷산으로 올라가 뒷골 할아버지 묘지 둘레를 세세하게 살폈다. 그때 누군가 뒤에서 불렀다.

"너희들 거기서 뭘 찾는 거니?"

뒤돌아서자 어느새 뒤따라온 은영이 우리를 지켜봤다. 다소니는 별 대수롭지 않게 살인범이라고 대답했다. 은영이 깜짝 놀라 되물었다.

"살인범?"

"그런 게 있어."

다소니는 다시 여기저기 두리번거렸다. 은영은 뭘 찾는지도 모르면서 다소니를 따라다녔다. 나는 본의 아니게 두 사람을 지켜보는 처지가 됐다. 은영은 다소니에게만 관심을 보였다. 괜히 서운했으나 그 마음을 들키지 않으려고 노력했다. 한순간 은영이 손가락으로 한 곳을 가리키며 다소니를 불렀다. 다소니와 나는 은영이 가리키는 곳을 살폈다. 땅속으로 뚫린 작은 구멍으로 오빠스들이 드나들었다. 다소니는 오빠스 집을 은신처라고 말하더니 확신에 찬 얼굴로 말했다.

 "그래 이놈들이야! 이놈들이라면 얼마든지 그럴 수 있어."

 은영은 자기가 뭔가 대단한 것을 찾아냈다고 생각한 듯 뿌듯해하더니, 이내 이놈들이 대체 뭘 어쨌냐고 물었다. 이번에도 다소니는 그런 게 있다고만 대꾸했다.

 "넌 그 말밖에 할 줄 모르니? 그런 게 있어. 있긴 뭐가 있어."

 은영이 자기를 흉내 내며 피식 웃자 다소니는 자기가 추리한 것을 말했다.

 "오빠스가 영구 아버지를 공격한 거야. 술에 취한 영구 아버지가 우연히 오빠스 집을 밟았을 테니까. 전투를 좋아하는 오빠스들은 당연히 영구 아버지를 공격했지. 갑자기 공격받은 영구 아버지는 여기저기 나뒹굴었을 거야. 술에 취해서 정신없었을 테니까. 그 바람에 주변의 풀들이 이렇게 엉망이 됐던 거지. 그 이후로도 오빠스의 공격은 멈추지 않았을 테지. 원래 끈질긴 놈들이니까. 아마도 도망치던 영구 아버지는 비탈에서 미끄러져 굴렀겠지. 그러니까 어른들은 저 비탈만 관찰한 거야. 영구 아버지가 워낙 술을 좋아했으니까 다른 생각은 아예 안 했던 거지."

여기까지가 다소니의 추리였다. 그때 은영이 다소니의 옷자락을 잡았다. 은영의 눈빛은 뭔가 더 많은 설명을 기대하는 것 같았다. 그러자 다소니가 말했다.

"오빠스라고 하는 놈들이야. 아주 무서운 놈들이지. 조심해야 해."

오빠스! 은영은 오빠스란 말을 여러 번 되풀이하더니 이름이 참 흥미롭다고 했다. 반면, 다소니는 정색하고 말했다.

"이놈들은 떼거리로 덤벼들어. 잘못하면 죽는 거야."

다소니는 절대 조심해야 한다며 거듭 일렀다. 그러자 은영이 호기심 가득한 눈빛으로 물었다.

"그러니까 오빠스들이 영구 아버지를 살해했다는 거니?"

"그런 게 있어."

"또 그러네, 도대체 뭐가 그런 게 있는데?"

은영은 또다시 다소니를 흉내 내며 삐죽거렸는데 이상하게도 그 모습이 예뻤다. 내 마음속에 천사가 찾아온 게 분명했다. 하지만 은영은 다소니만 쳐다봤다. 그때 나는 참 어색하고 낯선 내 감정과 마주하게 됐다.

10

 그때 달봉 산비탈에서 아이들의 비명이 들려왔다. 달봉 쪽을 바라보니 대장과 부하들이 정신없이 날뛰었다. 꼴을 보니 아마도 누군가 달봉 비탈에서 오빠스 은신처를 제대로 밟은 듯했다. 또 비명 지르는 것을 보면 몇몇은 이미 오빠스에게 쏘인 게 분명했다. 아이들은 왕소나무 밑에 다다르자 모두 땅바닥에 엎드렸다. 달봉과 뒷골 할아버지 묘 사이에 있는 언덕엔 억새밭이 있었다. 그리고 그 한가운데에 커다란 소나무 한 그루가 우뚝 서서 마을을 내려다봤다. 그래서 사람들은 억새밭 소나무, 또는 왕소나무라고 불렀다. 우리 마을에선 둥구나무에 이어 두 번째로 나이가 많았다. 그만큼 크고 위풍도 당당했다. 나만의 비밀이 하나 있는데 나는 내가 기록한 이야기들을 이 나무 밑에 숨겨뒀다. 노트를 비닐로 꼭꼭 싸맨 다음 나무 밑 땅속에 묻었다. 물론 필사해 놓은 노트는 별도로 내가 보관했다. 그러니까 원본은 왕소나무가 가지고 있었다. 이 나무는 아주 먼 훗날까지도 마을을 지켜줄 거라 믿었다. 사람들 또한 이 나무를 함부로 베지 않을 테니까. 이 나무라면 마을의 기록을 가지고 있을 자격이 충분했다. 개티오빠스파 아이들도 모르는 나만의 비밀이었다.

 우리가 왕소나무 밑으로 뛰어갔을 때 땅바닥에 엎드린 아이들은 뻐꾹! 뻐꾹! 뻐꾸기 소리를 냈다. 오빠스들은 뻐꾸기 소리가 항복의 의미라는 것을 알고 있는 듯 더는 공격하지 않고 이미 돌아갔다. 내가 돌아갔다고 하자 대장과 아이들이 땅바닥에서 일어났다. 아이들은 일어나자마자 벌에 쏘인 곳을 벅벅 긁었다. 그러다가 은영을 보자 모두가 눈을 번쩍 떴다. 아이들이 왜 그러는지 이유는 뻔했다. 이렇게 뽀얗고 반짝이는 여자아이는 처음 본 거다. 다소니는 아이들 표정엔 아랑곳하지 않고 대장에게 오빠스 은신처가 어디에 있냐고 물었다. 대장이 달봉 비탈에 있는 바위 하나를 가리키며, 저 바위에서 두 걸음 아래라고 말했다.

  다소니는 곧바로 달렸는데 그 모습이 어떤 짐승처럼 빨랐다. 우리는 자주 보는 일이었으나 깜짝 놀란 은영은 저 아이는 도대체 뭐냐고 물었다. 보자기가 잠자리소년이라고 대꾸하자 그건 또 뭐냐고 물었다. 이번엔 아무도 대꾸하지 않았다. 잠자리소년이라는 별명에 대해 깊이 생각해 보지 않았던 거다. 대장이 잠자리소년이라고 부르자 아이들도 그렇게 불렀을 뿐이다. 나는 다소니가 왜 잠자리소년인지 말해 주고 싶었으나 말하지 않았다. 왠지 다소니에 대해서는 알려주고 싶지 않았다. 나는 그렇게 또다시 어색한 감정과 마주했다. 은영이 아이들끼리 하는 말을 듣고는 대장은 또 뭐냐고 물었지만, 헌신짝이 그냥이라고 대꾸했을 뿐이었다.

은영은 다소니도 그렇고 대장도 그렇고 똑같이 답답해 죽겠다며 삐죽거렸다. 오빠스 은신처를 확인하고 돌아온 다소니는 이 근처에 다른 오빠스 은신처가 또 있냐고 물었다. 아이들은 모르겠다며 고개를 내저었다. 다소니는 나무 밑을 두리번거리더니 죽어가는 오빠스들을 세심히 살펴봤다. 누군가의 피부에 침을 꽂은 오빠스는 내장까지 꺼내놓고 죽어갔다. 매번 그랬다. 그날 오빠스에 관해서도 기록했다.

(*기록*) 오빠스는 땅벌이다. 몸길이는 보통 12mm 정도인데 여왕은 16mm 정도 된다. 전체적으로 검은색이며 머리와 배 부분에 노란 줄무늬가 있다. 오빠스는 갈고리처럼 구부러진 독침을 품고 있다. 그 독침이 사람이나 다른 동물의 피부 속에 박히면 그만이다. 오빠스가 다시 날아오를 때 피부에 박힌 독침은 밖으로 빠져나오지 못한다. 낚싯바늘처럼 갈고리 모양이기 때문이다. 오히려 독침 안쪽에 붙어 있는 오빠스의 내장이 몸 밖으로 나와 버린다. 결국, 날아오른 오빠스는 내장을 몸 밖으로 내어놓게 되고 얼마 못 가 땅바닥에 떨어져 죽는다. 이것이 오빠스의 무모한 전투력이다. 게다가 단체로 전투에 임하기 때문에 사람들이 저항해서 싸울 수가 없다. 무작정 도망가는 것이 최선이다. 문둥이가 왜 희생정신과 단체행동을 내세워 개티오빠스파라고 이름을 정했는지 알 것 같다. 다소니

는 오빠스가 죽어가는 과정을 한참 동안 지켜보더니 왜 목숨까지 걸고 공격하는지 모르겠다고 했다. 오빠스 은신처에 관해서도 기록했다.

  <u>(기록)</u> 오빠스 은신처는 땅속에 있다. 오빠스들이 깜깜한 땅속을 선택한 것은 더위와 추위로부터 체온을 유지하기 위해서다. 오빠스들은 양지바른 산비탈에 은신처를 정한다. 무엇보다 적의 침입을 막을 수 있어야 하고 물 빠짐이 잘되어야 한다. 오빠스의 적은 장수말벌처럼 큰 포식자다. 오빠스들은 양지바른 산비탈에 작은 구멍을 뚫고 땅속으로 들어간다. 구멍이 작아야 포식자가 들어가지 못한다. 50cm 정도 땅속을 파고 들어가 넓은 공간을 만든다. 이 공간은 축구공 크기의 공 모양이다. 그 공간에 핸드볼 공 크기의 공 모양 아파트를 짓는다. 달걀과 비교해 보면 껍질 부분은 동굴이고 노른자 부분은 아파트며 흰자 부분은 아파트와 동굴 사이의 공간이다. 이 아파트는 공기 순환과 원활한 물 빠짐을 위해 동굴 안에서 공중에 붕 떠 있다. 그렇게 떠 있으려면 아파트를 동굴 벽에 견고하게 연결해야 한다. 아파트 외벽과 동굴 벽 사이에 여러 개의 연결 막대를 만들어서 아파트를 고정한다. 아파트 외벽엔 서너 개의 출입구를 만든다. 적의 침입을 감시하기 위해서다.

  아파트 내부는 해바라기꽃 모양의 원판을 7층이나 8층, 혹

은 9층까지 쌓아서 짓는다. 층과 층 사이에는 여러 개의 연결 막대를 만들어서 고정하고 그 사이사이의 공간으로 오빠스들이 통행한다. 공 모양의 아파트이기 때문에 한가운데 층이 가장 넓은 해바라기꽃 모양이고 위아래 층은 점점 작아진다. 맨 위층엔 전투병들이 생활한다. 유사시에 재빠르게 전투에 임하기 위해서다. 가장 안전하고 넓은 중간층엔 여왕의 방과 산란실, 육아방이 있다. 그 위층과 아래층은 먹이를 저장하는 방이다. 그 외엔 일벌이 사는 공간이다. 이렇게 완벽한 구조물이 땅속에 있다. 사실, 오빠스에 관한 기록은 다소니가 말해줬는데 친아빠의 연구 노트에서 읽었다고 했다.

이튿날 다소니와 나는 다시 왕소나무를 찾아갔다. 다소니는 왕소나무 그늘 밑에 앉아 생각에 잠겼다. 영구 아버지의 죽음을 놓고 고민하는 것 같더니 별안간 아주 놀라운 말을 했다.

"오빠스들이 무슨 일인가를 꾸미고 있는 것 같아."

"무슨 뜻이야?"

"이놈들이 서로 협력하는 것 같다고."

오빠스들이 어떤 일을 꾸민다는 것도 그렇고, 게다가 서로 협력한다는 것이 과연 가능할까? 다소니는 영구 아버지의 시신이 발견됐던 곳을 바라봤다. 다소니는 그곳에 있는 오빠스 은신처 옆에 작대기 길이 정도 되는 나무를 꽂아 뒀다. 우리가 그곳을 바라보고 있는데, 그곳에서 은영이 이쪽으로 걸어왔다. 우리를 알아보고 손을 흔들었다. 은영이 급하게 올라왔는지 힘들다며 왕소나무에 기대어 앉았다. 억새밭의 땅 주인은 지도자 아저씨인데 억새밭에 밤나무를 심겠다며 얼마 전에 제초제를 뿌렸다. 제초제를 뒤집어쓴 채 누렇게 타 죽은 억새들은 자리에 눕지도 못하고 마치 박제된 것처럼 곧게 서서 하늘을 봤다. 그렇게 타 죽은 억새는 아이러니하게도 햇살을 받아 찬란하게 반짝거렸다. 은영이 다소니에게 말했다.

"오빠스에 대해 내가 뭔가 모르는 게 있는 것 같은데 알려줘."

"그것 때문에 올라온 거야?"

"내가 궁금한 것은 못 참거든."

호기심 가득한 은영이 눈빛은 초롱초롱했다. 다소니는 영구 아버지의 죽음과 오빠스 은신처에 관해 자세히 설명했다. 오빠스들이 일부러 사람을 공격하는 것 같다는 말도 덧붙였다. 그러자 은영이 물었다.

"설마! 땅벌이? 사람을 왜 일부러 공격해?"

"알아내야지."

"어떻게?"

다소니가 모르겠다고 하자 은영이 엉뚱한 소리를 했다.

"벌들은 페로몬이라고 하는 호르몬 분비를 통해서 서로 대화해. 일종의 통신 신호지. 또 벌들은 공중에 여러 개의 동그라미를 그리면서 춤을 춰. 그 춤이 신호야."

다소니가 은영에게 무슨 소리냐고 묻자 은영은 이렇게 말했다.

"신호를 보내보면 어떨까?"

은영은 놀랍게도 오빠스에게 신호를 보내보라고 했다. 나는 은영이 아무 말이나 막 한다고도 생각했다. 하지만 다소니는 나와 생각이 달랐다. 어처구니없게도 고개를 끄덕이며 수긍했다. 사실 다소니도 이상했다. 다소니가 은영에게 물었다.

"넌! 그런 것을 어떻게 알아?"

은영이 빙그레 웃으며 말했다. 잘난 체하는 것 같기도 했지만, 절대 밉지 않았다. 오히려 더 신비로웠다.

"내 별명이 백과사전이야. 아이큐가 백육십이 넘는다나 뭐라나."

은영은 한 번 보면 뭐든 다 기억한다고 말했다. 나는 백과사전이란 말도 낯설었으나 아이큐가 백육십이라는 말은 도저히 믿을 수가 없었다. 공부 잘하는 문둥이도 백삼십이라고 했었다. 그런데 다소니는 그런 것은 아랑곳하지 않고 또 물었다. 다소니는 분명 남달랐다.

"그런데 어떻게 신호를 보내?"

은영이 고개를 저으며 말했다.

"그건 나도 모르지."

다소니는 뭔가 고민하더니 갑자기 왕소나무 위로 올라갔다. 나무 꼭대기에서 두 팔을 들고 커다란 동그라미를 그렸다. 설마! 오빠스에게 신호를 보내는 건 아니겠지? 아무래도 제정신이 아닌 것 같았으나 왠지 잘 됐으면 좋겠다는 생각도 들었다. 다소니를 따라다니다 보니 나도 점점 이상해져 갔다. 은영은 넋을 잃고 다소니를 올려다보다가, 저게 뭐냐? 어떻게 저기까지 올라갔냐? 어떻게 나무 꼭대기에서 저러고 서 있냐? 저게 과연 사람이냐? 조상이 혹시 원숭이냐? 등등 혼자 중얼거렸다.

난 한마디도 대꾸하지 않았다. 그 순간 나도 모르게 울적했다. 믿고 싶지 않았으나 은영이 나보다 다소니에게 더 관심을 보이는 것은 어쩌면 당연했다. 누가 봐도 다소니에게 관심을 가질 수밖에 없었다. 나조차도 그랬다. 다소니는 한참 동안 원을 그렸다. 연이어 오빠스에게 신호를 보내는 것 같았다. 아무리 생각해도 다소니도 은영도 제정신이 아니었다.

그때 뒷골 쪽에서 안산할아버지가 올라오자 다소니가 나무에서 내려왔다. 은영이 넉살 좋게 인사했다.

"할아버지! 안녕하세요?"

"그래, 너희들 저기 위에 옹달샘 알지?"

안산할아버지는 옹달샘 바로 위에 오빠스 집이 있으니 조심하라고 말하고는 곧바로 가던 길을 가려고 했다. 은영이 재빨리 말했다.

"정말요? 이곳엔 오빠스 집이 참 많네요."

"그렇다면 이 근처에 오빠스 집이 또 있는 모양이구나?"

다소니가 손짓으로 두 곳을 가리키며 자기가 나무막대를 꽂아 뒀다고 했다. 안산할아버지가 빙그레 웃더니 아주 좋은 생각이라고 했다. 안산할아버지는 묘지 쪽과 달봉 비탈에서 다소니가 꽂아 놓은 나무막대를 확인했다. 나무막대엔 하얀 끈이 매여 있어 눈에 잘 띄었다.

"그 참 이상하구나. 그놈들이 이곳으로 이사 왔나."

다소니가 재빨리 되물었다.

"이사라고요?"

안산할아버지는 왕소나무 밑에 있는 작은 바위에 걸터앉더니 저 멀리 남쪽을 가리키며 이야기를 시작했다. 이곳에선 마을은 물론 남쪽에 있는 추도러니 다리까지 훤히 내다보였다. 또 남서쪽으로는 안산할아버지가 사는 안산골도 보였다. 안산할아버지는 안산골과 추도러니 다리를 가리키더니 예전엔 오빠스 집이 저쪽에 많았다고 했다. 그런데 마을 사람들이 그곳에 밤나무를 심고 농약을 뿌리자 사라졌다고 했다. 어쩌면 그 오빠스들이 이곳으로 이사 온 것 같다고 했다. 다소니가 또 물었다.

"그러면 이곳에 오빠스 은신처가 더 있을 수도 있겠네요?"

"너 지금 은신처라고 말했냐? 녀석 눈빛 한번 흥미롭구나."

나 또한 오빠스 집을 은신처라고 말하는 다소니가 처음엔 신기했다. 다소니의 눈빛을 바라보던 안산할아버지는 은신처를 더 찾아보라고 했다. 조심해야 한다는 말도 덧붙였다. 안산할아버지는 다시 산으로 올라갔다. 등에 망태를 지고 있는 것으로 보아 약초를 찾아다니는 것 같았다. 그날 안산할아버지가 사는 초가집에 관해서도 기록했는데 다소니가 꼭 기록하라고 했다. 한마디로 집이 너무 아름답다고 했다. 나는 단 한 번도 아름답다고 생각해 보지 않았으나 다소니가 그렇게 말하자 아름답다는 것에 관해 다시 생각하게 됐다.

(기록) 안산할아버지 집은 마을과 떨어진 외딴집이다. 집 앞으로 개울물이 휘돌아 내려간다. 그리고 개울물이 휘도는 곳에 커다란 바위가 있다. 안산할아버지는 그 바위를 중심에 두고 양쪽으로 어깨동무하듯 둑을 쌓아 개울물이 집으로 범람하는 걸 막았다. 둑 안쪽엔 다소니가 특별히 좋아하는 토란밭이 있고, 그 토란밭 위쪽엔 식수로 사용하는 샘터가 있다.

집 입구엔 정낭이 있다. 정낭 안으로 들어서면 오른쪽에 길보다 낮은 토란밭이 있고 왼쪽엔 원두막이 있다. 그곳에서 마당까지 들어가는 길은 이십여 미터 정도 되는 오솔길인데 양쪽에 늙은 밤나무가 서 있다. 오솔길에선 나뭇가지가 하늘을 가려 마치 터널과 같다. 마당에 들어서면 오른쪽으로는 샘터로 가는 좁은 길이 있고 왼쪽엔 닭장이 있다. 좀 더 들어가면 오른쪽에 초가집이 있고 왼쪽엔 가마솥 걸이와 돼지우리가 있다. 또 마당 끝엔 외양간이 있다. 초가집은 방 두 칸과 부엌 한 칸이 전부다. 초가집 뒤엔 우리가 가끔 서리하는 복숭아밭이 있다.

다소니가 이 집에서 제일 좋아하는 것은 비 오는 날 원두막에 앉아 토란잎 위에 떨어지는 빗소리를 듣는 거다. 언젠가 이 집 앞을 지나다가 비를 만나 원두막으로 피했는데 그때 토란잎 빗소리를 들었다고 했다. 다소니는 그 소리를 톳 도도 도독, 톳 도도 도독이라고 표현했다. 그래서 나는 다소니에게 아름답다는 게 그림이나 음악 같은 거냐고 물었다. 그러자 다소니는 '그런가?'라고 내게 되묻고는 활짝 웃었다.

우리는 옹달샘 근처에서 오빠스 은신처를 발견했다. 물론 나무막대를 찾아 꽂았다. 우리는 다시 왕소나무 밑으로 갔다. 그때 은영이 재밌는 그림을 땅바닥에 그렸다. 둔각 이등변 삼각형이었다. 다소니와 나는 은영이 그린 삼각형을 내려다봤다. 그림 속에선 옹달샘과 달봉, 묘지, 세 곳의 오빠스 은신처가 삼각형 꼭짓점에 각각 위치했다. 은영은 참으로 놀라운 아이였다. 백과사전 혹은 아이큐가 백육십이라는 말이 맞을지도 몰랐다. 골똘히 뭔가를 생각하던 다소니는 삼각형에서 가장 긴 변의 한가운데 지점에 왕소나무를 그려 넣었다. 그러자 왕소나무에서 각각 은신처까지의 거리가 거의 비슷한 것 같았다. 은영도 다소니도 참 신기하기만 했다. 다소니가 은영에게 물었다.

"너 아이큐가 백육십이라고?"

"나도 몰라, 남들이 그러는 거지."

"그거 초특급 천재 아니니?"

은영이 장난스럽게 미소 짓더니 다소니에게 말했다.

"그렇다니까, 내가 한번 맞춰볼까? 네가 지금 무슨 생각을 하고 있는지?"

"내 생각?"

다소니와 내가 빤히 바라보자 은영은 빙그레 웃더니 다소니에게 동조를 바라듯 물었다. 은영은 자신만만했다.

"지금 네 생각은 이런 거야. 왕소나무를 중심으로 둘레에 은신처가 더 있다고 생각하는 거야? 맞지?"

"너! 진짜 천재구나!"

은영과 다소니가 하는 말들은 참으로 놀라웠다. 다소니와 은영은 눈치를 주고받더니 왕소나무를 원의 중심으로 하고 옹달샘 은신처까지의 거리를 반지름으로 하는 원을 그렸다. 물론 직접 땅에 그린 것은 아니고 대략 손짓으로 그렸다. 그러더니 자기들이 그린 원을 따라가며 둘레를 살폈다. 하지만 오빠스 은신처는 찾지 못했다. 다소니가 빈정대는 눈빛으로 은영을 쏘아봤다. 그러자 은영이 다소니에게 말했다.

"뭐가? 너도 같은 생각을 했으면서."

은영이 멋쩍게 웃자 다소니가 중얼거렸다.

"천재는 개뿔."

순간 나는 적잖게 놀랐다. 다소니가 저런 말을 하다니! 하지만 진짜 놀라운 것은 따로 있었다. 다소니는 평소에 말 잘하는 사람과 명랑한 사람을 싫어했다. 그래서 지난번에 둥구나무 밑에서 은영이 손을 잡았을 때 다소니가 혼절했다고 생각했다. 그런데 이상하게도 그 이후 둘은 사이좋게 지냈다. 왜 은영을 좋아하느냐고 대놓고 묻고 싶었으나 참았다. 나는 이 이상한 감정이 싫었다. 왠지 내가 자꾸만 바보가 되어가는 느낌이었다.

은영과 다소니는 오빠스 은신처를 찾지 못해 실망한 눈빛이 역력했다. 산에서 내려오면서 은영이 다소니에게 이것저것 물었다. 평소 다소니는 누가 물어보는 것을 귀찮아했지만, 은영의 질문은 오히려 더 좋아했다. 은영이 물었다.

"아까 나무 꼭대기에서 뭐 했어?"

"나무 위에서 그림 신호를 보냈는데 어떤 곤충도 오지 않았어."

"네가 신호 보낸다는 것을 곤충들이 몰랐을 거야."

둘의 대화는 이해하기 힘들었다. 이해할 수 없다기보다는 믿을 수가 없었다. 곤충에게 신호를 보내겠다니! 곤충과 대화하겠다니! 결과에 상관없이 어떻게 그런 생각을 할 수 있는지 놀랍기만 했다. 은영과 다소니는 나와 다르다는 것을 인정해야 했다. 그런데 정말 놀라운 일은 그 이튿날 벌어졌다. 은영과 다소니가 왕소나무 둘레에서 오빠스 은신처를 두 곳이나 더 찾아냈다. 그것도 어제 그렸던 원둘레에서.

이번엔 은영이 정오각형 그림을 그렸다. 왕소나무가 정오각형 한가운데 지점에 있고 정오각형 꼭짓점에 각각 오빠스 은신처가 있었다. 각각 묘지, 달봉, 옹달샘, 뒷골바위, 억새밭고염나무 은신처였다. 은영은 정오각형 연합전선이라고 말했다. 땅벌들이 연합전선을 만들었다니! 그것도 정오각형 형태로! 나는 단순히 우연일 거라고 믿고 싶었다. 그런데 그 순간 나는 다소니가 알려줬던 과일 꽃 모양을 떠올렸다. 그 꽃들 모양도 모두 오각형 형태였던 거다. 그렇다면 우연이 아니란 말인가? 은영이 정말 백과사전 혹은 아이큐가 백육십인가? 그런데 막상 정오각형 꼭짓점 지점에 오빠스 은신처가 있을 거라고 말해 준 것은 은수 누나라고 했다. 다소니도 나도 적잖게 놀랐다. 그때부터 나는 은수 누나에 대해서도 호기심을 갖기 시작했다. 은수 누나는 소리 내어 말하는 대신 그림 그리기와 글쓰기로 소통한다고 했다. 소설가가 되는 것이 꿈이라고 했다. 또 은영은 은수 누나가 진짜 천재라고 했다. 다소니는 뭔가 중요한 사실을 깨달았다는 듯 이렇게 말했다.

"맞아! 꼭 소리 내어 말할 필요는 없어. 오빠스도 그렇잖아!"

그러자 은영이 이렇게 대꾸했다.

"맞아. 중요한 건 말이 아니라 마음이야. 마음으로 보고 들어야지."

내가 무슨 말이냐고 묻자 어린 왕자가 한 말이라고 했다. 어린 왕자는 자기가 잘 아는 왕자라고 했다. 내가 빤히 쳐다보자 나중에 어린 왕자가 나오는 책을 빌려주겠다며 빙그레 웃었다. 순간 나는 다소니를 쳐다봤다. 다소니는 어린 왕자를 아는지, 아니면 관심이 없는지 정오각형 그림만 내려다봤다. 그렇게 한동안 말이 없다가 별안간 오빠스들이 영구 아버지를 살해했다고 단정 지어 말했다. 오빠스들이 연합전선을 지키기 위해 그랬다고 했다. 나는 그 말에 동조하기 힘들었다. 그러나 다소니는 오빠스니까 오히려 더 가능하다고 했다. 친아빠가 남긴 연구 기록에 보면 땅벌들은 본능적으로 자신들의 은신처를 방어한다고 했다. 또한, 땅벌들은 항상 단체로 행동한다고 했다. 그래서 협력하는 일이 오히려 더 가능할 거라고 했다. 그러니까 결국, 오빠스들이 자기들의 은신처와 연합전선을 지키기 위해 영구 아버지를 계획적으로 살해했다는 거다. 또한, 앞으로 누구를 더 살해할지도 모른다고 했다.

  고민에 빠졌다. 왠지 이 사실을 어른들에게 알려야 할 것만 같았다. 하지만 누구도 믿어줄 것 같지는 않았다. 그래서 나는 다소니의 상상이 지나치다고 판단했다. 하지만 상상이 아니라면 어쩌지? 내 고민은 연이어 꼬리를 물었다.

11

  햇살이 유난히 투명한 어느 날 은영과 함께 다소니를 따라 오랫골에 갔다. 산봉우리에서 박사를 만났다. 저 멀리 소랭이 마을이 한눈에 들어왔다. 다소니와 박사는 가끔 이곳에서 만난다고 했다. 박사가 은영을 빤히 바라보더니 이렇게 말했다.
"네 눈에서 빛의 소리가 들리는구나."
"빛의 소리요?"
  은영과 내가 무슨 뜻인지 몰라 멀뚱히 바라보자 박사가 손을 들어 저 멀리 마을을 가리켰다. 호수가 햇살을 받아 반짝거렸다.

"저 반짝거림에 귀를 기울이면 물결 소리가 들린단다."

"잘 모르겠어요."

"그래, 그럴 거야. 집중이 필요하니까 말이야."

"집중요?"

"그렇지. 그러니까 이른 아침에 이슬과 햇살을 집중해서 바라보면 이슬과 햇살이 서로 싸우는 소리가 들린단다."

은영이 보기 드물게 진지하게 물었다.

"정말 소리가 나요?"

"물론이지. 네가 그 빛에 집중만 한다면 소리가 들리고말고. 그리고 잊지 말고 기억하거라. 네 눈빛이 찬란하다는 것을."

"제 눈빛이 찬란하다고요?"

"그래, 꼭 잊지 말거라."

"네, 할머니!"

사실 나는 빛의 소리가 뭔지 잘 모르겠다. 하지만 은영이 눈빛이 찬란하다는 것은 사실이었다. 그렇다면 은영이 눈빛에서도 소리가 들릴까? 그러다가 어느 날 은영이 달봉 정상에서 마을 초입 개울가에 있는 미루나무 가로수를 가리키며 갑자기 호들갑 떨었다.

"어머! 이파리들이 하얀 물결처럼 반짝이네. 저게 빛의 소리지?"

다소니가 고개를 끄덕였다. 아무래도 이 둘은 이해할 수 없었다. 그 이후 나도 빛의 소리를 들으려고 집중하고 집중했으나 어떤 소리도 들리지 않았다. 어쨌거나 개티오빠스파 아이들은 마을 초입에 있는 미루나무 가로수를 자랑스러워했다. 작년 봄에 선생님이 가정방문 하러 왔다가 미루나무 가로수를 보고는 정말 멋지다고 말했기 때문이었다. 다소니는 가끔 저 미루나무 꼭대기에 있다가 학교에서 돌아오는 우리를 마중했다. 사실 다소니는 우리에게 큰 관심이 없었는지도 모른다. 매번 우리가 먼저 다소니를 알아보고는 다소니가 우리를 마중 나온 거라고 믿었을 뿐이다. 미루나무 이파리들은 봄부터 가을까지 찬란하게 빛났다. 어쩌면 은영이 말대로 이파리가 빛의 소리를 냈는지도 모른다.

  빛의 소리를 생각하다가 호드기를 떠올렸다. 호드기는 실제로 소리가 났다. 미루나무 가로수 길과 나란히 흐르는 개울에는 버들강아지가 줄지어 있었다. 버들강아지의 곧은 가지로는 호드기라고 하는 풀피리를 만들어 소리 낼 수 있었다. 호드기는 개티 아이들이 가장 손쉽게 만들 수 있는 풀피리였다. 호드기에 관해 기록했다.

  (기록) 호드기 만드는 방법은 아주 간단하다. 버들강아지의 반듯한 나뭇가지를 잘라서 그 가지를 손으로 비틀면 나뭇가지의 껍질과 하얀 뼈대가 분리된다. 딱 붙어 있던 껍질과 뼈대가

떨어진 상태가 된 거다. 이젠 하얀 뼈대를 잡고 살살 돌리면서 빼내면, 속이 텅 빈 나무껍질만 남는다. 이 껍질의 굵기와 길이에 따라 소리의 울림과 음의 높낮이가 달라진다. 껍질이 굵고 길수록 음이 낮고 무거운 소리가 난다. 반면 껍질이 짧고 가늘면 음이 높고 가벼운 소리가 난다. 속이 빈 나무껍질을 십 센티미터로 자르면 볼펜 껍데기와 모양이 비슷하다. 이 껍질의 한쪽 끝부분에서 껍질의 바깥 껍질을 오 밀리미터쯤 살살 벗겨낸다. 호드기가 완성된 거다. 바깥 껍질이 벗겨진 부분을 입으로 불면 소리가 난다. 불 땐 특별한 기술이 필요 없어 아무나 소리를 낼 수 있다. 봄부터 여름 내내 개티 아이들은 이것을 가지고 놀았다. 어쩌면 빛의 소리를 듣는 누군가가 이 방법을 발견했을지도 모른다.

 그 미루나무 가로수 길에서 한번은 이런 일이 있었다. 대장이 가로수 길을 지나다가 버들강아지가 줄지어 있는 개울가에서 뭔가 움직이는 것을 봤다. 본능적으로 사냥을 좋아하는 대장은 그냥 지나치지 않았다. 대장은 살금살금 개울가로 내려섰다. 개울에는 버들강아지뿐만 아니라 고마리 풀도 울창하게 자라 있었다. 대장이 천천히 다가가고 있는데 어딘가에서 따오기 한 마리가 푸드덕 날아올랐다. 따오기가 물가에서 물고기를 잡다가 인기척을 느끼고는 황급하게 날아오른 거다. 언젠가 다소니는 따오기가 날아오르는 과정을 이렇게 설명했다.

 (_기록_) 따오기는 이륙하는 모습이 언제나 불안하지만, 그 과정이 참 흥미롭다. 따오기는 먼저 이륙하기 위해 개울 바닥을 박차고 뛰어오른다. 뛰어오른 따오기는 커다란 날개를 위아래로 날갯짓한다. 하지만 이륙하기가 쉽지 않다. 다시 떨어질 듯 말 듯 위태위태하다. 결국은 무거운 몸뚱이를 간신히 떠올려 하늘로 날아오른다. 일단 떠오른 따오기는 가장 완벽한 비행체가 되어 유유히 하늘을 가른다. 개울 바닥을 박차는 힘, 이어서 푸닥거리는 날개의 유연함, 끝내 무거운 몸뚱이를 들어올리는 투지, 여유롭고 완벽한 비행, 하늘을 품은 날갯짓. 다소니는 따오기가 날아오르는 과정처럼 비행 날개도 꼭 날아오를 거라고 했다.

 대장은 원래가 어떤 이야기를 순서에 맞게 할 줄 몰랐다. 그래서 매번 번호를 붙여가며 이야기하는 것 같았다. 그러나 대장은 믿기 어렵게도 따오기 이야기를 하면서는 처음으로 이야기의 시작과 끝을 온전히 내게 들려줬다. 그날 따오기는 안산골 골짜기 오른편 비탈로 날아갔다. 대장은 따오기를 키워보기로 작정했다. 사실 대장은 오래전부터 따오기 새끼나 매 새끼를 키워보고 싶어 했다. 대장은 따오기가 날아간 지점으로 갔다. 따오기 둥지를 찾는 것은 어렵지 않았다. 대장이 둥지 근처로 갔을 때 어미 따오기가 꺽꺽 울어댔다. 알을 낳은 어미 따오기는 알을 보호하기 위해 본능적으로 울어댔지만, 대장에게는 둥지의 위치를 알려주는 것뿐이었다.

둥지는 커다란 소나무 꼭대기에 있었다. 어미 따오기가 꺽꺽 울어댔으나 대장은 아랑곳하지 않고 나무에 올라갔다. 둥지 안에는 세 개의 알이 있었다. 그날 이후 대장은 날마다 둥지 안에 있는 알을 살폈고 그때마다 어미가 꺽꺽 울었다. 하얀 알은 점점 붉은 홍조를 띠며 짙어졌다. 며칠 후 갓 깨어난 벌거숭이 새끼 세 마리가 둥지 안에서 꿈틀댔다. 또 며칠 후 새끼 따오기는 하얀 솜털로 예쁘게 단장했다. 다시 며칠 후 솜털은 희색으로 짙어졌다. 대장은 그중에서 윤기가 나고 튼튼해 보이는 새끼 한 마리를 골라 집으로 데려왔다. 물론 어미 따오기가 야단이었다. 집에까지 쫓아와 한밤중까지 꺽꺽 울고 갔다. 대장은 어미 따오기의 울음소리를 듣자 자꾸만 눈물이 났다. 기억에도 가물가물한 엄마의 모습이 떠올랐다. 하지만 네 살 때쯤 엄마와 헤어졌기 때문에 그 기억마저도 어디까지가 상상이고 어디까지가 사실인지 정확하게 알 수는 없었다. 대장은 그렇게 눈물을 흘리며 엄마를 그리워했다.

이튿날 아침에도 어미 따오기가 찾아와 울었고 저녁에도 다시 찾아와 꺽꺽 울었다. 울음소리가 온 마을에 울려 퍼졌다.

어미 따오기는 목구멍이 찢어져 피가 터질 것처럼 울었다. 그 소리를 듣고 다소니가 대장을 찾아가 자연스럽지 못한 일이라며 나무랐다. 당장 새끼 따오기를 돌려보내라고 했다. 그런데도 대장이 못 들은 척하자 이렇게 말했다.

"악마 같은 짓 그만하고 새끼 따오기를 돌려보내!"

나는 악마라는 말에 깜짝 놀랐는데도 대장은 다소니의 말을 듣지 않았다. 내가 아는 한 처음으로 둘의 의견이 갈렸다.

대장은 새끼 따오기를 나무판자로 만든 새장 안에 넣어 놓고는 개구리와 물고기를 잡아다가 먹이로 줬다. 잘 키울 자신이 있었다. 따오기가 조금 더 크면 훈련을 시켜 따오기의 대장이 될 희망에 부풀었다. 대장은 부하들에게 잘 훈련된 따오기를 보여주고 싶었다. 개구리는 윗샴 옆에 있는 미나리꽝에 유난히 많았다. 개구리 잡는 방법도 기록했다.

(기록) 방법은 아주 간단하다. 적당한 크기의 회초리를 가지고 풀숲을 헤치면 놀란 개구리가 펄쩍 뛰어오른다. 그 순간 개구리가 다시 자리를 잡기 전에 회초리로 재빠르게 내리치면 그만이다. 십중팔구는 하얀 넓적다리를 부들부들 떤다.

그런데 새끼 따오기가 집에 오고 사흘째 되던 날부터 비가 이틀이나 연이어 내렸다. 비가 오자 어미 따오기가 더는 찾아오지 않았다. 대장은 어미가 다른 새끼들을 돌보느라 오지 않는다고 생각했다. 그 와중에 새장 안에 있던 새끼 따오기는 비를 흠뻑 맞았다. 안타깝게도 대장이 만든 새장 지붕에 틈새가 있었던 거다. 대장이 따듯한 아궁이 앞에 새장을 놓았음에도 새끼 따오기는 시름시름 앓기 시작하더니 이튿날 아침 싸늘한 주검이 됐다.

꺽꺽! 어미 따오기의 울음소리가 환청처럼 들려왔다. 대장은 그 울음소리가 마치 자기 엄마의 울음소리를 닮았다고 했다. 어쩌면 네 살 때 헤어졌다는 엄마도 그렇게 통곡하며 울었는지 모른다. 대장은 그제야 자기가 얼마나 끔찍한 잘못을 했는지 알게 됐다고 했다. 또 다소니가 왜 악마 같은 짓이라고 저주했는지도 알았다고 했다. 말없이 지켜만 보던 늙은 아버지는 새끼 따오기가 죽고 나서야 대장에게 한마디 했다.

"어미가 오지 않아서 새끼가 죽었나!"

어미가 오지 않아서 새끼가 죽었다는 말이 귓가에 꽂혔다. 어떤 울분과 죄책감이 동시에 치밀고 올라왔다. 늙은 아버지는 대장에게 또다시 엉뚱한 말을 했다.

"사람은 말이다. 멀리 보아야 한단다."

"또 그 소리! 도대체 그 말이 무슨 뜻이에요?"

"나도 몰러."

일자무식 늙은 아버지는 밑도 끝도 없이 가끔 이 말을 꺼냈다. 사실 아들에게 뭔가를 말하고 싶을 때마다 이 말을 했다. 늙은 아버지는 이 글귀를 아예 액자에 넣어 방 안에 걸어 놓고 가훈이라고 했다. 대장이 예닐곱 살 때 아빠 친구가 집에 찾아 왔다가 액자에 담긴 이 글을 읽었다. 그리고 '멀리 보려면 나무에 올라가야 하나?'라고 혼잣말했다. 그 말을 대장이 듣고는 그때부터 나무에 오르기 시작했다. 실제로 나무에 높이 올라가면 올라갈수록 더 멀리 볼 수 있었다. 더 멀리 본다는 것은 더 많은 것을 본다는 것이었고, 더 많은 것을 본다는 것은 더 많은 것을 알게 된다는 것이었다. 대장은 누구보다 빨리 뜨는 해를 보고 누구보다 늦게까지 지는 해를 볼 수 있었다. 나무에 오르지 못하는 나로서는 그 세계를 상상만 할 뿐이었다. 상상한 것을 기록으로 남긴다는 것이 항상 아쉬웠으나 나무에 오르는 건 두려웠다.

대장은 죽은 새끼따오기를 들고 나를 찾아와 다소니에게 함께 가자고 했다. 솔직하게 다소니가 무섭다고 했다. 다소니가 악마 같은 짓이라고 했기 때문이었다. 그렇다고 대장이 다소니를 무서워하다니! 그날 나는 새로운 사실을 알았다. 대장은 다소니를 부하로 여기지 않았다. 둘 사이는 대장과 부하 사이가 아니라 친구이거나 그 이상의 어떤 사이였다. 어쩌면 전생에 형제였을지도 몰랐다. 우리가 다소니를 찾아갔을 때 은영이 죽은 새끼 따오기를 보더니 불쌍하다고 했다. 다소니가 얼굴을 붉히며 단호하게 말했다.

"대장! 이것은 대장 잘못이야."

대장이 고개를 끄덕였다. 다소니가 대장을 쏘아보며 말했다.

"다시는 절대 용서하지 않아!"

다소니는 서슴없이 대장 잘못이라고 말했고 용서하지 않겠다고 말했다. 대장은 또 아무렇지도 않게 다소니의 말에 수긍했다. 내가 둘 사이를 명확하게 이해하는 것은 어려웠다. 대장 또한 둘 사이를 명확하게 설명하지 못했다. 언젠가 대장은 다소니가 우리와는 다르다고 했다. 마치 외계인 같다고 했다. 그때 다소니는 자연스러운 일이라는 말보다 더 어려운 말을 했다.

"대장은 자유롭지 못한 일을 한 거야."

은영이 자유롭지 못한 일이 뭐냐고 되묻자, 사람이 다른 어떤 생명을 마음대로 훼손하는 것이 자유롭지 못한 일이라고 했다. 친아빠가 남긴 연구 노트 표지 안쪽에 자유롭지 못한 일에 관한 문장이 쓰여 있다고 했다. 나중에 내가 그 노트 표지 안쪽을 확인했을 때 그곳엔 이렇게 쓰여 있었다.

'인간이 자연 속에서 다른 생물과 함께 산다는 것 자체가 상당히 이기적이며 자유롭지 못한 일이다. 결국, 인간은 스스로

원하지 않더라도 자연과 생명을 훼손한다.'

다소니는 새끼 따오기의 죽음을 보자 그 말의 뜻을 조금은 알 것 같다고 했다. 우리는 새끼 따오기를 왕소나무 밑에 묻었다. 다소니는 또 대장에게 개구리도 함부로 잡지 말라고 했다.

"개구리는 왜?"

"개구리를 생포해서 배를 살살 문지르면 개구리가 최면에 걸려 잠에 빠져."

대장은 물론 나와 은영도 깜짝 놀랐다. 다소니가 또 이렇게 말했다.

"개구리를 잘 잡는 것보다 그게 더 멋진 일이야."

"맞아! 그게 멋진 일이야!"

은영은 나에게 당장 개구리를 잡아달라고 부탁했다. 은영이 다소니가 아닌 내게 부탁하자 괜히 좋았다. 은영을 데리고 윗샘 옆에 있는 미나리꽝으로 갔다. 개구리 두 마리를 생포했다. 서울에서 왔다는 은영은 놀랍게도 개구리를 덥석 손에 잡더니 배를 살살 문지르기 시작했다. 그러자 개구리가 거짓말처럼 눈을 감더니 잠들었다. 하지만 내가 문지른 놈은 잠들지 않았다. 하여간 대장은 이런 것 때문에 다소니에게는 대장 노릇을 할 수 없는지도 몰랐다. 다소니가 대장이라고 부르는 것만으로도 흡족한 눈치였다. 게다가 다소니는 늘 부하들 앞에서 대장의 체면을 세워줬다. 그래서 그랬는지 대장은 늘 다소니의 말을 따랐다. 대장은 다소니가 하는 말은 무조건 옳다고 믿었다. 나 또한 다소니가 늘 옳다고 믿었다.

대장은 그날 밤 늙은 아버지가 술에 취해 흥얼거리던 노래를 똑같이 따라 흥얼거렸다고 했다.

'보일 듯이 보일 듯이 보이지 않는, 따옥따옥 따옥 소리 처량한 소리, 떠나가면 가는 곳이 어디메이뇨, 내 어머니 가신 나라 해 돋는 나라.'

다소니는 새끼 따오기를 하늘로 보내고 나서 봉숙이네 아빠를 찾아갔다. 봉숙이네 아빠는 송골매 새끼를 두 마리 키우고 있었다. 봉숙이네 아빠는 다소니가 송골매 새끼를 훈련해 보겠다고 하자 기꺼이 내어줬다. 다소니는 새끼 매를 날개라고 불렀다. 날개는 아직 날지 못했다. 다소니는 아지트에 있는 팽나무에 올라가 날개를 가지 위에 올려놓았다. 하늘을 자유롭게 나는 매를 보면 날개도 날고 싶을 거라고 했다. 바람이 불자 날개는 바람을 타며 균형을 잡았다. 다소니는 높고 날카로운 새소리를 냈다. 마치 날개와 대화를 시도하는 듯했다. 삐어! 삐어!

사흘째 되던 날, 커다란 매 한 마리가 팽나무 근처까지 내려와 빙빙 돌았다. 그리고 며칠 후 날개는 팽나무 꼭대기에서 날갯짓을 시작했다. 그리고 이튿날 하늘 높이 날아올랐다. 시간이 지나자 날개는 직접 사냥했다. 다소니가 팽나무에 올라가 새소리를 내면 날개가 다소니에게 날아와 팔뚝에 앉았다. 그렇게 다소니와 날개는 친구가 됐다. 그리고 일주일 후 대장과 날개도 친구가 됐다. 대장은 날개를 아홉 번째 졸병으로 임명했다. 대장은 역시 대장 놀이를 좋아했다. 다소니는 이렇게 해서 의사소통이 이루어지는 새와 친구가 됐다. 다소니는 비행 날개를 꼭 완성할 거라고 했다.

대장은 무슨 일이 있어도 꼭 비행 날개를 지켜주겠다고 약속했다. 비록 대장이 새끼 따오기를 죽였으나 다소니는 대장을 좋아했다. 대장은 신의가 있었고 의리가 있었다. 무엇보다 다소니를 귀찮게 하지 않았다. 또한, 무슨 재주로 하늘을 날 수 있겠냐고 비아냥거리지도 않았다. 다소니는 날마다 비행 날개 제작에 전념했다. 그러나 서두르지 않고 하나하나 꼼꼼하고 치밀하게 작업했다.

그즈음 두꺼비아저씨가 뭔가 수상했다. 어쩌다 길에서 만나도 우리를 보는 둥 마는 둥 했다. 또한, 우리를 괴롭히지도 않았다. 내가 이상하다고 말했지만, 아이들은 크게 마음 쓰지 않았다. 뭔가 감시당하는 느낌이 들어 찜찜했으나 우리의 여름은 찬란했다. 언젠가부터 대장과 다소니는 거의 날마다 함께 지냈다. 둘은 학교에 다니지 않았기 때문에 자연스럽게 어울렸고 많은 것을 함께 했다. 이 둘과 함께 다니면 모든 게 이야기가 됐다. 수집할 이야깃거리가 많다는 것은 기분 좋은 일이었다.

12

우리는 여름 내내 멱을 감거나 보쌈놀이를 했다. 한번은 은영이 보쌈놀이가 궁금하다며 우리를 따라나섰다. 다른 아이들은 개울 수영장에서 멱을 감았고 나와 대장, 다소니, 은영은 보쌈놀이를 했다. 다소니는 멱 감는 걸 싫어했는데 물속에 들어가는 것, 그 자체를 두려워했다. 나와 은영은 대장을 졸졸 따라다녔고 다소니는 멀찌감치 떨어져 구경만 했다. 은영은 보쌈놀이를 처음 본다고 했다. 대장이 시범을 보였다. 대장은 어떻게든 다소니가 물속으로 들어가기를 바랐으나 다소니는 한쪽에서 지켜만 봤다. 지켜보던 다소니가 은영에게 다가와 물었다. 다소니와 은영은 서로 질문하고 답하는 것을 좋아했다. 둘이 대화하는 것을 자세히 듣고 있으면 내 머릿속은 항상 상상의 나래를 폈다.

"보쌈 용기를 처음 고안한 사람은 누굴까? 대단한 사람인 것 같지 않아?"

"뭐가?"

"관찰력."

다소니는 관찰력이라고 했다. 나는 단 한 번도 생각해 보지 않았던 단어다. 저렇게 하찮은 냄비 그릇 하나를 놓고 관찰력이라고 말하다니 다소니는 뭔가 달랐다. 보쌈놀이를 처음 고안한 사람은 관찰력이 좋은 사람이라는 얘기였다. 용기 만드는 방법이 정말 기발하고 단순하다는 거다. 게다가 고기 잡는 방법 또한 지나치게 간단하단다. 그러니까 기술이 좋다기보다는 관찰력이 좋은 사람일 거라고 했다. 다소니가 관찰력이라고 말하자 은영은 내게 보쌈 용기 만드는 법을 설명해 달라고 했다. 물론 나는 은영이 내게 묻는 것이 좋고 행복했다. 그날 나는 보쌈 용기 만드는 방법도 기록했다.

(<u>기록</u>) 보쌈 용기 만드는 방법은 다소니 말대로 아주 간단하다. 대장은 물론 우리 부하들도 다 만들 만큼 쉽다. 그런데도 다소니가 관찰력이라고 하자 뭔가 특별한 느낌이 든다. 우선 준비물은 이렇다. 지름이 삼십 센티미터, 깊이가 십오 센티미터 정도 되는 그릇이 필요한데 냄비 같은 것이 좋다. 조금 더 커도 상관없다. 또 그릇을 덮어씌울 만큼의 투명한 비닐종이와 이 비닐종이를 그릇에 동여맬 고무줄이 필요하다.

만드는 방법은 먼저 비닐종이의 정중앙에 지름이 사 센티미터 정도 되는 구멍을 동그랗게 뚫는다. 이 비닐종이로 그릇의 입구 쪽을 덮어씌운다. 그런 다음 고무줄로 띠를 두르듯 비닐종이를 그릇에 고정하면 보쌈 용기가 완성된다. 고기를 유인하는 떡밥은 된장이다. 다소니는 이 간단한 과정을 두고 관찰력이라고 한 거다.

고기 잡는 방법은 이렇다. 보쌈 용기를 물속에 설치하기 전에 된장을 비닐 안쪽에 적당히 바른다. 된장에 밀가루를 조금 섞으면 비닐에 잘 달라붙는다. 보쌈 용기를 물속에 설치하고 약 15분 정도를 기다리면 고기들이 용기 안으로 들어간다. 일단 용기가 만들어지면 마을 앞에 있는 개울가로 간다. 보쌈은 주로 추도러니 다리에서 시작하여 안산골 다리까지 약 이백 미터 사이에서 이루어진다. 그 중간 위치에 개울 수영장이 있으므로 여름엔 아이들이 거의 날마다 이 부근에서 논다. 멱도 감고 고기도 잡으며 무더운 여름을 지낸다. 이곳엔 미루나무 가로수가 있어 더 시원하다.

보쌈 용기를 설치하는 방법은 이렇다. 먼저 자갈이 깔린 개울 바닥을 보쌈 용기의 높이만큼 파낸다. 그 파인 곳에 보쌈 용기를 집어넣고 모래나 자갈로 빈틈을 채워 용기를 개울 바닥에 고정한다. 만약 유속이 빠르다면 보쌈 용기를 설치한 곳 바로 위쪽에 돌담을 쌓아 빠른 유속을 막는다. 내가 설명을 끝내자 은영도 다소니처럼 보쌈 용기를 처음 고안한 사람은 정말 대단하다고 했다. 또 자기도 보쌈놀이를 직접 해보고 싶다고 했다.

 대장은 맨 처음 보쌈 장소로 개바위가 있는 추도러니 다리 밑을 선택했다. 추도러니 다리는 개티 마을 사람들이 바퀴 달린 탈 것을 이용해서 읍내로 나갈 수 있는 유일한 다리다. 내가 은영에게 고기 잡는 법을 설명하는 동안 대장은 물속에 보쌈 용기를 설치했다. 이젠 물고기가 용기 안으로 들어갈 시간, 15분 정도만 기다리면 된다. 기다리는 동안 대장과 다소니는 개바위 맞은편에 있는 산비탈을 기어 올라갔다. 산 중턱에 상수리나무 숲이 있었다. 이 숲엔 상수리나무 수액을 좋아하는 사슴벌레가 많았다. 지난번 단체로 벌거벗은 사건이 있었을 때, 다소니가 숨었던 상수리나무도 이곳에 있었다. 대장과 다소니는 상수리나무에 올라가 사슴벌레를 잡았다.
 잠시 후 대장과 다소니는 은영이 앞에서 사슴벌레를 싸움시켜 놓고는 구경했다. 사실 사슴벌레는 거의 싸우려고 하지 않았다. 영역싸움이 아닌 이상 자기들끼리 싸워야 할 이유가 없었다. 간혹 싸우는 놈들은 집게다리만 서로 맞물려 물고는 가만히 있었다. 역시 사슴벌레 두 마리는 싸우지 않았다. 잔뜩 기대했던 은영은 시시하다며 삐죽거렸다. 그러자 다소니는 사슴벌레를 다시 상수리나무에 데려다 놓았다. 나는 나무에 오르면 어지러웠다. 다소니가 그런 내게 고소공포증이 있는 것 같다고 말했다. 그것은 절대 못난 것이 아니라고 했다. 사람은 누구나 두려워하는 것을 하나쯤은 가지고 있다며 자기는 물이 두렵다고 했다.

잠시 후 대장이 물속에 있는 보쌈 용기를 꺼내왔다. 중태기 열댓 마리가 잡혔다. 손가락보다 큰 것도 있고 작은 것도 있었다. 사슴벌레에게 실망한 은영이 그제야 신기하다며 활짝 웃었다. 다소니는 그런 은영이 오히려 더 흥미로운지 한참 동안 물고기와 은영을 번갈아 가며 요리조리 살폈다. 사실 다소니는 물고기도 새도 곤충도 잡는 것을 싫어했다.

다음 보쌈 장소는 개티 아이들이 멱을 감는 곳으로 아이들은 이곳을 수영장이라고 불렀다. 대장은 주로 수영장 위쪽에서 고기를 잡았는데 버들강아지가 우거진 곳이었다. 이곳은 대장이 제일 좋아하는 보쌈 장소였다. 물속은 풀뿌리와 나무뿌리가 우거져 숲을 이루었으며 하늘은 산 포도나무 넝쿨이 뒤덮고 있어 어둡고 음산했다. 또 이곳은 물이 깊어 잠수해야만 보쌈 용기를 설치할 수 있었다. 이곳은 물이 깊은 만큼 큰 고기가 많았다.

대장이 갑자기 다소니에게 직접 해보라며 보쌈 용기를 건넸다. 다소니는 엉겁결에 보쌈 용기를 받아들었다. 사실은 나도 다소니가 어떤 반응을 보이게 될지 궁금했다. 우리는 다소니가 물속에 들어가는 것을 한 번도 본 적이 없었던 거다. 다소니가 고개를 내젓자 대장이 겁쟁이라고 놀렸다. 순간 은영과 다소니의 눈빛이 마주쳤다. 은영도 어깨를 으쓱하며 한번 해 보라고 했다. 은영은 다소니가 물을 무서워한다는 사실을 모르고 있었다. 다소니는 잠시 고민하다가 결국 마음먹었다. 다소니가 겁쟁이라는 말을 싫어하기도 했지만 어쩌면 은영에게 뭔가를 보여주고 싶었는지도 몰랐다. 막상 결심은 했으나 다소니의 얼굴은 하얗게 질려 있었다. 그 표정만으로도 안쓰러워 말리고 싶었지만, 한편으로는 다소니가 이겨내기를 바랐다.

  다소니는 보쌈 용기를 들고 물속으로 걸어 들어갔다. 다행히 물살은 잠잠했다. 나중에 다소니가 그 순간의 심정을 내게 이렇게 고백했다. '심장이 심하게 요동치다가 그대로 멎는 줄 알았어!' 다소니는 눈을 감은 채 잠수했다. 그러나 보쌈 용기를 설치해야 했기 때문에 물속에서 눈을 떠야만 했다. 나도 여러 번 그곳에 보쌈 용기를 설치했었으나 매번 무서웠다. 컴컴한 물속은 풀뿌리들이 숲을 이뤘다. 저쪽 어딘가에서 금방이라도 거대한 괴물 뱀장어나 시커먼 무당개구리가 불쑥 헤엄쳐 나올 것만 같았다. 다소니의 손이 빨라졌을 거다. 바닥에서 커다란 돌멩이를 걷어내고 그곳에 보쌈 용기를 순식간에 설치해야 했다. 그런데 다소니가 갑자기 첨벙거리더니 물 밖으로 뛰쳐나왔다. 다소니는 땅바닥에 주저앉아 숨을 가쁘게 몰아쉬었다. 그러자 은영이 바짝 다가서서 왜 그러냐고 물었다. 은영은 꽤 놀란 것 같았다. 다소니는 거대한 괴물 뱀장어가 떼로 몰려나왔다고 했다.

"팔뚝만 한 괴물이야! 떼거리로 몰려나왔어."

나와 대장은 물속으로 들어가 머리를 처박고 보쌈 용기를 찾았다. 된장 냄새를 맡고 몰려든 손가락만 한 중태기밖에 없었다. 대장이 어이없다는 표정으로 다소니를 바라보며 또다시 놀려댔다.

"야! 뭐 하늘을 날겠다고? 이런 겁쟁이가 무슨."

"팔뚝만 한 괴물이라니까!"

다소니는 여전히 숨을 가쁘게 몰아쉬었다. 그때 다소니를 바라보던 대장이 갑자기 다소니를 번쩍 안아 들었다. 그러더니 물가로 가 물속에 처넣으려고 했다. 은영과 내가 말렸지만, 대장은 뭔가 단단히 작정한 것 같았다. 순간 다소니가 두 팔로 대장의 목을 휘감더니 두 다리로는 대장의 허리를 감쌌다. 그러자 대장은 숨쉬기가 어려운지 얼굴이 빨개졌다. 힘이 얼마나 강했던지 대장은 다소니를 떼어내지 못했다. 나는 다소니가 또다시 혼절이라도 하면 어쩌나 걱정했으나 다소니는 필사적이었다. 다소니는 얼굴이 벌겋게 상기된 채 울부짖었다. 결국, 숨이 막혀 죽기 직전에 대장이 스스로 포기했다. 대장은 길 한복판으로 올라와 두 손을 들었다. 그제야 다소니가 대장의 몸에서 떨어져 나왔다. 이번엔 대장이 땅바닥에 주저앉아 숨을 몰아쉬었다. 정신을 차린 대장은 다소니에게 무서운 놈이라고 했다. 그 말은 사실이었다. 다소니는 가끔 지나치게 강한 힘을 냈는데 그것은 힘을 낸다기보다는 악을 쓰는 괴물처럼 느껴졌다. 은영은 결국 눈물을 흘렸다. 은영의 눈물을 보자 대장이 미웠다. 그때 다소니는 어느새 길가에 있는 버드나무에 올라가 우리를 내려다봤다. 나중에 나는 내가 한순간 대장을 미워했다는 사실을 알고는 당황스러웠다. 내가 대장을 미워하다니! 은영에 대한 내 감정이 뭔지 알 수 없었다. 그러니까 그 순간 다소니보다는 은영이 더 걱정됐던 거다. 믿을 수 없지만 그랬다.

그때 두꺼비아저씨를 봤다. 저쪽 추도러니 오솔길 어귀에 우두커니 서서 우리를 지켜봤다. 온몸이 오싹했다. 왠지 우리를 관찰하는 것만 같아 몹시 불안했다. 내가 아이들에게 두꺼비아저씨라고 말하려는데 두꺼비아저씨는 벌써 나무 터널 속으로 들어가 버렸다. 추도러니에서 개티 마을까지 이어진 추도러니 오솔길은 나무 터널로 이루어져서 밖에선 오솔길이 보이지 않았다. 무슨 일이지? 두꺼비아저씨가 왜 개티 마을로 가는 거지? 왜 요즘은 우리를 괴롭히지 않지?

다소니는 그날 밤 괴물 뱀장어가 등장하는 악몽에 시달렸다고 했다. 그날 이후, 다소니는 한동안 대장과 보쌈놀이를 하지 않았다. 둘 사이가 회복되고 나서도 대장이 보쌈하면 다소니는 길가에 있는 나무에 올라가 구경만 했다. 다소니는 자기가 물을 왜 무서워하는지 모르겠다며, 물속에 들어가면 물이 자기를 짓누르는 것만 같아 숨이 막힌다고 했다. 생각해 보면 하늘을 날고 싶어 하는 다소니가 물에 들어가지 않는 것은 당연한 것 같기도 했다. 물에 빠지면 영원히 하늘을 날 수 없다고 생각하는지도 몰랐다. 어쨌거나 다소니가 두려워하는 것이 있다는 것은 믿기 어려운 일이었다.

마지막 보쌈 장소는 미루나무 가로수가 있는 곳으로 수영장 바로 위쪽이었다. 이곳은 물이 깊지 않았지만, 물살이 빠른 편이라서 보쌈 용기를 설치하는 데 있어 각별한 주의가 필요했다. 보쌈 용기는 고정 장치가 따로 없어 빠른 물살에 떠내려가지 않게 설치해야만 했다. 은영은 자기가 언제 울었냐는 듯 직접 보쌈 용기를 설치하겠다고 했다. 은영은 나를 따라 물속으로 들어갔다. 은영은 내가 설명한 대로 차근차근 보쌈 용기를 설치했다. 나는 은영과 함께 뭔가를 할 수 있어 좋았다. 우리가 물속에 있는 동안, 다소니는 미루나무에 올라가 우리를 내려다봤다.

개티에서 보쌈으로 잡을 수 있는 고기는 중태기였다. 중태기들은 보쌈 용기를 설치해 놓은 시간이 너무 오래 지나거나 비닐종이에 뚫은 구멍이 너무 크면 다시 밖으로 나오기도 했다. 한두 시간 정도 고기를 잡으면 보쌈은 끝났다. 대장은 고기를 잡는 것이 목적은 아니었다. 그냥 놀이 같은 것이어서 대부분 고기는 다시 놓아줬다. 대장은 커다란 놈만 몇 마리 골라서 매운탕을 끓여 먹었다. 늙은 아버지가 좋아한다고 했다.

  우리는 개울에서 중태기 이외에도 미꾸라지와 가재, 고동도 잡았다. 미꾸라지는 비가 온 다음 날 도랑이나 개울 가장자리 풀숲에서 잘 잡혔다. 고동은 주로 장만지 폭포에서 너금배 사이에 많았다. 장만지는 경치가 좋은 곳이어서 가끔 학교에서 소풍 가기도 했다. 가재는 큰 개울보다는 골짜기에 있는 작은 개울에 많았다. 그런데 여기저기 골짜기에 밤나무가 심어지고부터 이들 개울에서 가재를 찾는 것이 점점 어려워졌다. 가재들은 밤나무 산에 뿌려진 제초제와 살충제 때문에 서서히 사라졌다. 사실 우리는 가재가 사라지고 있다는 것을 몰랐다. 어느 날 다소니가 머지않아 가재가 모두 사라질 거라고 했을 때 우리는 그냥 흘려들었다. 그러자 다소니가 느닷없이 소리를 질렀다.

  "너희들! 너희들은 정말 아무렇지도 않은 거야?"

  모두 깜짝 놀랐다. 다소니가 우리에게 소리친 것은 처음이었다. 우리가 주목하자 농약 때문에 가재가 사라지고 있다고 말했다. 그제야 우리는 해마다 가재가 사라지고 있다는 사실을 깨닫게 됐다. 사실 우리는 가재를 잡기 위해 해마다 더 깊은 골짜기 안으로 들어가고 있었던 거다. 다소니는 그런 면에서 우리와는 생각이 아주 달랐다. 우리는 산과 들, 개울에서 신나게 놀았으나 다소니는 산과 들, 개울을 이해하려고 했다. 나로서는 다소니 친아빠가 남겼다는 책들 속에 그런 이야기들이 있을 거라고 짐작만 할 뿐이었다. 다소니에겐 친아빠가 남긴 책들이 위대한 유산 같았다.

찬란했던 여름은 빠르게 지나가고 가을이 시작됐다. 그 무렵부터 아랫마을 시나무니에 사는 두꺼비아저씨가 우리 마을에 자주 나타났다. 두꺼비아저씨가 땅 문제로 지도자 아저씨를 자주 만난다고 했음에도 우리는 뭔가 꺼림칙했다. 대장과 문둥이는 뭔가 수상하다며 두꺼비아저씨가 다녀가는 것을 기록하라고 했다. 누구를 만났는지, 또 어떤 이야기를 나눴는지, 모두 다 수집하라고 했다. 두꺼비아저씨는 경계 대상이었을 뿐만 아니라 관찰 대상이었으며 천적이었다. 그런데 내가 또다시 실수했다. 두꺼비아저씨를 철두철미하게 감시했어야 했는데, 은영과 은수 누나에게 깊이 빠져있어 두꺼비아저씨를 등한시했다. 결국, 일이 터졌다. 그것도 우리가 가장 우려했던 최악의 일이었다. 아지트가 재앙을 맞았다. 정말! 전생에 철천지원수가 아니고서야, 어떻게!

13

 재앙이 닥치고 나서야 알게 된 사실이지만 내가 대장과 다소니, 은영과 은수 누나에게 깊이 빠져있는 동안 두꺼비아저씨는 와신상담 뭔가 일을 꾸몄다. 하늘이 참 맑던 어느 가을날 두꺼비아저씨가 느닷없이 아지트에 들이닥쳤다. 비밀통로도 소용없었다. 우리는 그 기막힌 기습에 기절초풍했으며 모두 할 말을 잃었다. 전혀 예상치 못한 기습이었다. 한마디로 마른 하늘에 날벼락이 우르르 꽝꽝! 쳤는데, 두꺼비아저씨 처지에선 그만큼 흠잡을 데 없이 완벽한 습격이었다. 그것도 조고자를 앞세우다니! 놀라웠다.

 조고자는 일 년 후배인데 언젠가 우리에게 자기도 우리 군대에 끼어달라고 했다. 우리는 단칼에 거절했다. 그 이유를 밝히자면 조고자는 말이 많고 촐싹댔고 고자질을 좋아했다. 우리가 단호하게 거절하자 조고자는 앙갚음할 기회를 엿보다가 우리의 천적이 두꺼비아저씨라는 것을 알아낸 모양이었다. 조고자는 두꺼비아저씨를 찾아가 동맹을 맺었다. 두꺼비아저씨의 끄나풀이 되어 감히 우리를 미행했던 거다. 조고자가 자기 무덤을 판 것이었으나 우리의 피해가 너무 컸다.

 문둥이와 기울배기가 째려보자, 조고자는 꽁지가 빠지라 줄행랑쳤다. 고작 저런 놈 때문에 이런 일이 생기다니, 정말 허무했다. 헌신짝은 털썩 주저앉았다. 두꺼비아저씨는 지난번에 헌신짝의 고집을 꺾지 못했던 일을 두고 몹시 분하여 이를 부득부득 갈며 별렀던 모양이었다. 나 역시 넋이 나갔는데 내가 감시만 철저히 했다면 이 사태를 막을 수 있었다. 아무리 두꺼비아저씨라 하더라도 이렇게까지 집요할 줄은 몰랐다. 감시를 등한시했던 나의 돌이킬 수 없는 실수였다.

문둥이는 지난번에 지도자 아저씨에게 아지트가 발각됐을 때 비밀통로를 만들어 놓았음에도 불구하고 오히려 그 비밀통로를 통해 두꺼비아저씨가 들이닥치자 할 말을 잃었다. 우리는 도망칠 수 없었다. 어떻게든 아지트를 지켜야만 했다. 아지트를 찾아낸 두꺼비아저씨는 할 말을 잃은 우리와는 다르게 침착하고 느긋했다. 얄밉게도 승자의 미소를 지으며 자랑스럽게 말했다.

"결국은 내가 알아냈어, 흐흐."

땅 문제를 빌미로 우리를 안심시킨 것은 두꺼비아저씨의 전략인지도 몰랐다. 두꺼비아저씨도 문둥이처럼 철두철미한 사람이었다. 오랜 시간을 두고 수소문한 끝에 개티오빠스파라는 이름을 알게 됐고, 또 조고자를 앞세워 우리를 미행한 끝에 결국은 아지트를 알아냈다고 했다. 끈질기게 물고 늘어지는 두꺼비아저씨라서 가능한 일이었다. 어리석게도 우리가 그것을 간과했다. 난 모두에게 면목이 없었다. 내가 할 일을 제대로 하지 않아서 생긴 참사였다.

　다행히 대장과 다소니는 아지트에 없었다. 그나마 운이 좋았다. 두꺼비아저씨는 아주 느긋하게 아지트를 둘러봤다. 나는 어쩌면 마지막이 될지도 모르는 아지트의 운명을 기록으로 남기기 위해 두꺼비아저씨를 바짝 따라다녔다. 그런데 하필, 팽나무 밑에서 살구 씨앗 무더기를 발견했다. 지난 초여름에 우리가 먹은 두꺼비아저씨네 살구의 흔적이었다. 두꺼비아저씨는 순간 미간을 찌푸렸으나 금세 묘한 미소를 머금었다. 뭔가 건수를 하나 더 잡았다는 표정이었는데 얄밉기 그지없었다. 아지트의 여기저기를 꼼꼼히 둘러보더니, 아지트를 널리널리 알리겠다고 선언했다. 역시 핵심을 꼭 찌른 거였다. 두꺼비아저씨는 심술보 괴짜 악당답게 우리의 약점을 잘 알고 있었다. 대부분 예배당 사람인 개티 마을 어른들이 우리의 아지트가 무당집이라는 것을 알게 되면 그야말로 끝이었다.

　몽상가가 앞에 나섰다. 무슨 일이든 시키는 대로 할 테니 제발 아지트만은 지켜달라고 했다. 우리에겐 생명처럼 소중한 곳이라고 했다. 우리는 모두 몽상가에게 기대를 걸었다. 몽상가의 협상이 성공하기를 바랐다. 하지만 상대는 심술꾸러기 괴짜 악당 아닌가! 두꺼비아저씨는 고개를 내저으며 다 필요 없다고 했다. 순간 몽상가가 무릎을 꿇었다. 그러자 다른 아이들도 무릎을 꿇었다. 우리는 제발 비밀을 지켜달라고 하소연

했으나 두꺼비아저씨는 아주 비열하게 웃을 뿐이었다. 잠시 고민하는 척하더니 정복자가 전리품이라도 챙기듯 이렇게 말했다.

"정 그렇다면 가져간 닭의 세 배를 물어내."

우리는 세 배를 물어내라는 말을 듣자 속으로 저마다 혀를 찼다. 몽상가가 다시 나섰다.

"죄송하지만, 닭 여섯 마리를 우리 같은 어린아이들이 어떻게 마련하겠어요."

"그 문제는 알아서 해결해야지, 내가 걱정할 문제가 아니지."

그러더니 얄궂게 미소 지었다. 이번엔 자기가 대장이라며 문둥이가 나섰다.

"원하는 대로 세 배를 물어낼 테니, 이 장소만은 꼭 비밀을 지켜주세요."

문둥이가 대장이라며 앞에 나선 이유는 만약을 대비해 대장을 보호하려는 생각이었다. 몬돌이 형이 대장이라는 것이 알려지게 되면 마을 어른들이 대장을 그냥 두지 않을 것은 불 보듯 뻔했다. 지난번 죽은 무당 사건이 있었을 때 마을 어른들은 대장에게 아이들과 어울리지 말라고 경고했었다. 우리에겐 아지트보다 대장을 지키는 일이 더 중요했다.

두꺼비아저씨는 마치 명령을 내리듯 이틀 안에 해결하라고 했다. 닭은 모두 일곱 마리라고 했다. 헌신짝이 두 마리의 세 배면 여섯 마리라고 하자 방금 이자가 붙었다고 했다. 역시 두꺼비아저씨는 계산법이 달랐다. 심술쟁이, 고집쟁이, 구두쇠였고 아이들에게도 인정사정 없었다. 두꺼비아저씨는 비열한 웃음을 남기고 돌아갔다. 몽상가는 그나마 비밀을 지킬 수 있어 다행이라고 했지만, 문둥이는 뭔가 미덥지 않은 구석이 있다고 했다. 나도 문둥이와 같은 생각이었다. 끈질기게 물고 늘어지는 두꺼비아저씨가 이 정도로 물러날 것 같지 않았다. 하지만 당장 아지트를 옮길 방법은 없었다. 두꺼비아저씨가 딱 한 번만이라도 우리에게 친절을 베풀기를 진심으로 바랄 뿐이었다.

두꺼비아저씨가 돌아가자 문둥이가 대책을 세웠다. 문둥이는 각자 자기네 집 닭장에 있는 닭을 서리하자고 했다. 우리가 잘못한 것이니 우리가 피해를 보자는 것이 문둥이의 생각이었다. 개티오빠스파 아이들은 당장 그날 밤 약속을 지켰다. 각자 자기네 닭을 서리해서 두꺼비아저씨네 닭장에 넣었다. 그리고 이튿날 학교에서 조고자를 불러 운동장 한가운데에 세워 놓고 빙 둘러선 다음 어깨동무를 했다. 우리가 아무 말도 하지 않았으나 조고자는 부들부들 떨다가 주저앉고 말았다. 평소에 말이 없던 헌신짝이 조고자에게 말했다.

"또다시 우리 일에 나서면 불알을 발라서 진짜 고자로 만들어 줄 거야!"

문둥이도 말했다.

"쥐도 새도 모르게 미루나무 꼭대기에 매달릴지도 몰라!"

그러자 조고자는 울지도 못하고 얼굴이 새파랗게 질렸다. 우리가 빙글빙글 돌며 큰 소리로 개티오빠스파는 절대 착하지 않다는 구호를 외치자, 조고자가 결국 오줌을 쌌다. 우리는 이것으로 모든 것이 깔끔하게 마무리되기를 소원했다.

그러나 두꺼비아저씨는 당연하다는 듯, 보란 듯이 약속을 지키지 않았다. 처음부터 약속 따위는 지킬 생각이 없었을 뿐만 아니라, 또다시 우리가 전혀 예상하지 못한 초강수를 선택했다. 목사님을 직접 찾아갔던 거다. 무당집 아지트는 물론 우리가 했던 서리까지 모두 폭로했다. 두꺼비아저씨는 교회에 다니지 않았으면서도 아주 비열하게 목사님의 처지와 사회적 위치를 이용했던 거다. 목사님은 우리가 무당집에 드나드는 것을 좋아할 이유가 없었으니까. 또한, 두꺼비아저씨가 폭로한 이상 모른 척할 수도 없었다. 바로 그 점을 이용했다. 그제야 널리 널리 알리겠다는 두꺼비아저씨의 말을 이해할 수 있었다. 결국, 목사님도 우리를 지켜줄 명분이 없었던지 마을 어른들이 알게 됐다. 어른들은 누구도 우리를 좋게 봐주지 않았다. 우리에게 변명할 기회조차 주지 않았다. 어른들의 세계는 이미 모든 것이 정해져 있기라도 한 것처럼 이후의 일들을 일사천리로 진행했다.

 그나마 다행히 대장과 다소니는 지킬 수 있었다. 문둥이가 대장으로 나선 것은 정말 잘한 일이었다. 또한, 다소니의 비행 날개도 안전했다. 우리는 두꺼비아저씨를 믿을 수가 없어 두꺼비아저씨가 아지트에 다녀간 직후 곧바로 몇 가지 중요한 물건들은 미리 빼돌렸다. 나 또한 아지트에 있던 기록 노트를 미리 빼돌렸다. 하지만 개티 마을 어른들은 당연하다는 듯이 대장을 의심했다. 배후에 대장이 있다고 믿었다. 그렇게 대장을 의심했으나 우리는 끝까지 함구했다.

 피해는 심각하면서도 단순 명료했다. 어른들은 아예 아지트를 불태워 버렸다. 지난번에 죽은 무당이 발견됐을 때도 불태워 버리려다가 이장 아저씨가 말려서 그만뒀었다. 하지만 이번엔 이장 아저씨도 말리지 않았다. 우리는 팽나무에 올라가 불타는 아지트를 내려다보며 울었다. 어른들이 내려오라고 소리쳤으나 아무도 내려가지 않았다. 그러자 화가 난 어른들은 대장을 찾아갔다. 죽은 무당 사건 때문인지 어른들은 대장을 의심했다. 어른들은 대장에게 이번에도 아이들을 선동한 거라면 마을에서 내쫓아 버리겠다고 했다.

 그 이후 어른들은 수시로 우리를 감시했다. 그러나 얼마간의 시간이 지나자 아무 일도 없었던 것처럼 누구도 우리를 마음 쓰지 않았다. 사실 어른들은 들과 산에서 일하느라 늘 바빴다. 곧 알밤이 쏟아지는 계절이었기 때문에 우리를 감시하고 있을 시간이 없었다. 우리는 새로운 아지트가 필요했다. 우리가 깊은 고민에 빠져있자 다소니가 최적의 장소가 있다며 오랫골 고개를 소개했다. 고개 근처에 빈집이 한 채 있다고 했다. 몇 해 전까지 약초꾼 할아버지가 사용하던 오두막이라고 했다. 그곳은 우리 마을이 아닌 소랭이 마을이었다. 게다가 두꺼비아저씨의 활동 영역과도 정반대 지역이었다. 두꺼비아저씨는 우리 마을을 중심으로 동남쪽에서 활동했고, 오랫골 고개는 북서쪽에 있었다. 개티 마을과는 다소 거리가 멀었지만, 우리는 그곳에 두 번째 아지트를 마련했다. 우리 마을이 아니었기 때문에 개티 마을 어른들에게 들킬 염려도 없었다.

새롭게 아지트를 꾸민 우리는 복수할 계획을 세웠다. 꼬룡새는 당장 닭장에 불을 지르자고 했고 보자기는 족제비를 잡아다가 닭장에 집어넣자고 했다. 하지만 문둥이와 대장은 생각이 달랐다. 당장 복수를 시행하는 것은 누가 봐도 우리 짓이라는 걸 모두에게 알리는 꼴이라고 했다. 일단 몸을 사리고 침착하게 기회를 엿보자고 했다. 대장과 문둥이가 말을 아꼈지만 나는 둘의 눈빛을 보고는 알 수 있었다. 대장과 문둥이는 두꺼비아저씨가 했던 것처럼 더욱 큰 그림을 그리고 있었다.

이제 닭서리만으로는 만족할 수 있는 일이 아니었다.

14

 개티오빠스파는 서리 외에도 여러 가지 활동을 했는데 연애편지를 전달해 주는 배달부 역할도 했다. 동네 형이나 노총각의 연애편지를 이웃 마을에 사는 아가씨나 누나에게 전달해 주는 일이었다. 처음에 대장은 자기 스타일이 아니라며 이 일을 할까 말까 망설였다. 문둥이와 보자기가 대장을 설득했다. 사랑의 배달부라는 것은 정말 아름다운 일이라고 했다. 이 일은 당사자들의 신분과 비밀을 보장해야 했기 때문에 보통은 야밤에 담장을 넘어 들어가 전달했다. 야밤에 담장을 넘는 일은 늘 조심스러웠다. 잘못했다가는 도둑놈으로 몰릴 수도 있었다. 개티오빠스파 아이들은 서리는 했으나 도둑질은 하지 않았다. 물론 서리와 도둑질을 구분한 것은 우리의 주장이었다. 문둥이는 서리와 도둑질을 이렇게 구분했다.
 '서리란 먹어 치워서 없어지는 것. 도둑질은 욕심을 내어 소유하게 되는 것.'
 우리는 없어진다는 것에 주목했다. 뭔가 남는 것은 도둑질이라고 생각했던 거다. 물론 서리도 도둑질도 남의 것을 훔치는 것이었지만, 문둥이의 이러한 구분법은 묘하게도 아이들에게 설득력을 얻었다. 이런 것이 문둥이가 가지고 있는 알 수 없는 힘이었다.

결국, 문둥이와 보자기의 설득에 넘어간 대장은 자금을 모은다는 명분 아래 사랑의 배달부 역할도 했다. 실제로도 만남에 성공한 짝이 많았다. 그러자 대장은 은근히 보람을 느꼈다. 그러나 매번 좋은 결과만 있는 것은 아니었다. 얼마 전에 이런 일이 있었다. 우리 마을에 사는 노총각 명수 형이 이웃 마을 뒷말에 사는 여고생 성희 누나를 짝사랑했다. 나이가 무려 열두 살이나 차이 났다. 우리는 지난봄부터 명수 형의 편지를 성희 누나에게 여러 번 전달했다. 그러다가 우리 마을과 뒷말이 발칵 뒤집힌 거다. 성희 누나가 명수 형을 따라 제주도로 도망갔다. 며칠 후 집으로 돌아온 성희 누나는 머리카락이 잘렸다. 그리고 이틀 후 서울에 사는 큰오빠 집으로 갔다. 명수 형도 창피했던지 돈을 벌어오겠다며 마을을 떠났다. 그 후에 두 사람이 어떻게 됐는지는 알 수 없었다.

어느 날 나는 개티오빠스파와 대장이 하는 일이 과연 자연스러운 일이냐고 다소니에게 물었다. 내 예상과 달리 다소니는 당연하다는 듯 자연스러운 일이라고 했다. 대장도 개티오빠스파도 절대 욕심을 내는 것이 아니니 자연스럽다고 했다.

대장이 따오기 새끼를 데려다가 죽인 것은 욕심을 낸 것이 부자연스러운 일이었지만 다른 일은 다 자연스럽다고 했다. 서리가 마음에 걸리지만, 어른들도 이해하는 일이니 괜찮다고 했다. 다른 사람들 처지에선 우리의 주장이 억지스럽다고 말할지도 모르겠으나 우리는 모두 자연스러운 일만 한다고 생각했다. 개티 마을이 우리에게 허락한 일이라고 믿었다. 우리는 우리 마을 개티를 누구보다 사랑했다.

나는 내가 남긴 기록을 훗날 누군가 읽어주기를 바랐다. 적어도 우리가 어른이 된 이후에라도 읽어주기를 바랐다. 그날을 상상하며 기록했다. 모든 것은 사실 그대로 기록하되 우리가 하는 일들이 정당하기를 바랐다. 우리의 행동이 부끄럽지 않기를 바라는 마음이었다. 그러기 위해서는 문둥이가 내세우는 신념을 믿어야 했다. 나 또한 신념을 가지고 기록했다. 그러니까 단순히 사건만을 기록한 것이 아니었다. 우리의 생각을 생생하게 기록했다. 또한, 우리가 아닌 다른 사람들의 생각도 기록하고 싶었다. 그런데 주변에 믿을 수 있는 사람이 많지 않았다. 괜히 아무에게나 말했다가는 새로운 아지트마저 재앙을 맞을지 몰랐다. 은영을 떠올렸다. 은영이만큼 객관적인 사람은 없다고 생각했다. 또 은영이 우리를 어떻게 생각할지 궁금했다. 개티오빠스파 아이들의 주장에 대해, 다소니가 생각하는 자연스러움과 부자연스러움에 대해, 대장의 행동에 대해, 문둥이가 만든 규칙 등에 대해 제삼자인 은영은 어떻게 생각하는지 알고 싶었다.

기록의 한 부분을 은영에게 건넸다. 은영은 바로 다음 날 아침, 학교 가는 나를 붙들고 이렇게 말했다.

"개티오빠스파는 최고야, 나도 함께하고 싶어."

이렇게 자기표현을 분명하게 말할 줄 아는 것이 은영이 매력이었다. 나는 더 묻지 않았다. 사실 너무 기뻐서 자꾸만 웃음이 났다. 모두가 기쁜 마음으로 은영을 받아줬다. 대장은 은영을 열 번째 졸병으로 임명했다. 이제 개티오빠스파는 대장까지 포함해 열하나가 됐다. 그러나 가을이 오면 은영이네 가족은 서울로 돌아간다고 했었다. 아, 벌써 가을이었다. 그 무렵 개티 마을을 에두르고 있는 밤나무 산에서는 알밤이 쏟아지기 시작했다. 알밤이 여기저기에서 툭툭 떨어져 데구루루 굴러다녔다.

알밤이 굴러다니자 모두가 바빴다. 산과 밭은 물론이고 거리와 집에도 온통 알밤 천지였다. 알밤은 우리 마을의 주 수입원이었다. 알밤은 추석 전후에 가장 많이 쏟아졌기 때문에 추석 당일에도 산에 올라가 알밤을 주웠다. 어린아이부터 할머니 할아버지까지 모두 산에 올라가 알밤을 주웠다. 개티오빠스파 아이들도 예외는 아니었다. 알밤 줍는 이 기간만이라도 열심히 일해야만 그다음의 날들이 편했다. 학교에서 돌아오면 모두가 산으로 올라가 알밤을 주웠다. 대장도 안산할아버지 산에서 알밤 줍는 일을 도왔다. 다소니와 은영, 두 아이만 예외였다. 다소니는 가을 내내 아지트에서 비행 날개를 제작했다. 지도자 아저씨가 다소니에게는 밤 줍는 일을 시키지 않았다. 은영은 집에서 책을 읽는다고 했다. 둘은 아지트에서도 함께 있는 것 같았다. 한번은 바위와 나무와 옹달샘과 오솔길에 관한 이야기를 나눴다고 했다. 은영은 다소니가 아주 놀라운 말을 했다며 내게 들려줬다. 기록하면 좋겠다고도 했다. 다소니가 은영에게 물었다.

"바위와 나무와 옹달샘과 오솔길은 무슨 일을 할까?"

"나무야 숨을 쉴 테고 옹달샘은 물을 뿜겠지. 바위는 뭐 그냥 장식 같은 거고 오솔길은 사람과 짐승이 다니는 길 아니야? 그런 거 말고 무슨 일을 하겠어?"

"그럼, 마을은 누가 지켜?"

"사람들이 지키겠지."

"정말 그럴까?"

"무슨 말이야?"

"사람들은 그 어떤 것도 지켜주지 않아. 오히려 파괴하지."

"그런 거야?"

"물론 파괴하는 이유가 있어. 큰길을 내거나 밭을 만들거나 집을 짓지."

"그러고 보니 그런 것 같네."

"내 생각에 마을을 지키는 건, 바위와 나무와 옹달샘과 오솔길이야."

"어떻게?"

"그것들은 모두 마을에 필요한 일을 하는 거야. 맑은 공기와 맑은 물을 줄 뿐만 아니라 홍수와 산사태를 막고 말이야."

"정말 그러네."

"그런데 그게 전부가 아니야. 이것들은 마을의 역사를 기억하고 전달하는 역할을 해. 우리 몸에 흐르는 피처럼 말이야."

"피?"

"병원에 가면 피검사를 하잖아. 우리 몸의 이야기를 알기 위해서 말이야."

"이야기를 알기 위해서? 그게 그런 거였어?"

"피처럼 바위와 나무와 옹달샘과 오솔길도 모두 이야기 전달자야."

"이야기 전달자?"

"예를 들면 큰 나무는 작은 나무에게 자기 기억과 이야기를 전달하는 거지."

이야기 전달자! 처음 듣는 말이었다. 놀라울 뿐만 아니라 뭔가 새로운 형식의 말이었다. 다소니가 무슨 생각을 하면서 사는지 도무지 알 수 없었다. 그러면서도 다소니의 말이 다 맞는 것만 같았다.

밤 줍는 기간 동안 우리는 비 오는 날만 만났다. 비 오는 날은 쉬는 날이어서 서리도 하고 연애편지도 전달했으나 다른 특별한 일은 하지 않았다. 개티는 한바탕 전쟁이라도 치른 듯 바쁜 가을을 보내고 겨울을 맞이했다. 그사이에 놀라운 일이 있었다. 얼마 전에 홀아비로 살던 두꺼비아저씨가 그 바쁜 와중에도 젊은 아가씨를 두 번째 아내로 맞이했다. 그래서 그랬는지 두꺼비아저씨는 한동안 우리를 괴롭히지 않았다. 어쩌면 아지트를 폭로한 것이 나름은 미안했는지도 모른다. 어쨌거나 우리는 여전히 복수의 기회를 노렸다.

사실 나는 은영이 언제 떠날지 몰라 밤 줍는 내내 불안했다. 하지만 가을이 지나고 벌써 첫눈이 내렸는데도 은영이네 가족은 떠나지 않았다. 나는 참 다행이라고 생각했으나 은영은 가끔 넋 놓고 있었다. 생각해 보면 은영이네 가족에게는 서울로 돌아갈 수 없는 상황이 연속되고 있으니 좋은 일이 아니었다. 은영에게 아무 일도 없기를 바라면서도 한편으로는 은영이 더 오래 있어 주기를 바랐다.

15

 가을이 지나고 겨울이 시작됐다. 12월 31일엔 해마다 이장 선거가 있었는데 우리 마을에선 가장 큰 행사였다. 겨울이 시작되고 십이월로 접어들면서 언제나 그랬듯이 온 동네가 야단법석이었다. 해마다 그랬듯 마을이 홍해 바다처럼 둘로 갈라지는 신기한 일이 벌어졌다. 지리적으로 보면 아랫개티는 윗샘에서부터 시작된 도랑이 마을의 한복판을 가로지르면서 마을을 동쪽 마을과 서쪽 마을로 나눴다. 선거 운동이 시작되면 이러한 지리적 위치가 마을 사람들을 이쪽 편과 이쪽도 저쪽도 아닌 편으로 나누었다. 이장 후보로는 영원한 적수 대머리 아저씨와 꼬챙이 아저씨가 나섰다. 사실 해마다 두 아저씨가 나섰다. 대머리 아저씨는 아랫개티 동쪽 마을에 살았고 꼬챙이 아저씨는 너금배 마을에 살았다. 아랫개티 동쪽 마을은 모두가 일심동체로 대머리 아저씨 편이었고 너금배와 윗개티 마을은 꼬챙이 아저씨 편이었다.

 문제는 아랫개티 서쪽 마을 사람들이었다. 언제나 그랬듯이 한 사람 한 사람이 어떤 선택을 할지 오리무중이었다. 아침저녁으로 부엌 아궁이 앞에는 아줌마와 아저씨들이 삼삼오오 모여서 뭔가 작전을 짰다. 그러니까 동쪽 마을의 남녀 24표가 대머리 아저씨 편이고 너금배와 윗개티 마을의 24표가 꼬쟁이 아저씨 편이었다. 정확하게 24 대 24였다. 이런 경우의 작전은 오로지 한 가지, 서쪽 마을 사람들을 포섭하는 것이었다. 양측 모두 서쪽 마을 사람들을 포섭하느라 정신없었다. 서쪽 마을 사람들의 19표는 쉽게 속을 보이지 않았다. 이 조그만 마을에서 인맥이란 것이 따로 있을 것도 없지만 조금이라도 더 가까운 끈이 있다면 그것을 적극적으로 활용했다. 평소엔 예배당에 다니지 않는다는 이유로 은근히 따돌림을 당했던 사람들도 이장 선거 기간만큼은 유권자로서의 대접을 톡톡히 받았다. 선거 당일 아침이면 내 편과 네 편의 윤곽이 어느 정도 드러났다. 그래도 결과는 알 수가 없었다. 끝까지 속마음을 보여주지 않는 서쪽 마을 사람들 때문이었다. 사실 선거는 그래서 더 재밌었다. 결과는 언제나 3표 이내의 차이로 아슬아슬하게 결정됐다.

(기록) 이장 후보로 나선 두 아저씨는 공통적인 특성이 있다. 나는 이 부분을 매우 흥미롭게 생각한다. 첫째, 우수한 교육은 받지 못했지만 대단한 능변가다. 남들 앞에 나서는 것을 좋아했기 때문에 말 잘하는 능력은 기본이다. 둘째, 출타하는 것을 매우 좋아한다. 농사는 언제나 뒷전이고 출타해야 할 일만 있으면 밖으로 나간다. 셋째, 의협심이 강해서 자신의 이익보다는 남들을 위해 나선다. 남을 돕는 일이라면 발 벗고 나서

는데 아마도 이장 선거에서 재당선되려면 열심히 뛰어야 하는 모양이다. 넷째, 술을 좋아한다. 출타하는 날엔 언제나 술에 취해서 저녁 늦게 귀가한다.

현재 이장 아저씨는 대머리 아저씨인데, 당연히 다른 사람들 일이라면 두 팔을 걷어붙이고 나섰다. 그러다 보니 자주 출타했다. 마을 사람들은 대부분 학력이라고는 내세울 것이 거의 없었다. 중등교육만 제대로 받았어도 꽤 괜찮은 학력이었다. 또한, 행정적인 일 처리 능력이 거의 없었으므로 여기저기 안면이 있는 이장 아저씨가 나서지 않으면 일 처리가 어려웠다. 그러다 보니 대머리 아저씨에게 있어 농사는 언제나 뒷전이었다. 그래서 아주머니와 다투는 일이 많았다. 바쁜 농사철임에도 불구하고 출타했다가 술에 취해 늦게 들어오는 날에는 더욱 큰소리가 났다.

투표를 일주일 정도 앞둔 어느 날이었다. 대머리 아저씨네 아들 성식이 형이 어느 날 우리를 찾아왔다. 사실은 몽상가가 포섭했다. 성식이 형이 심각하게 고민하자 몽상가가 은근슬쩍 다가가 도와주겠다고 했던 거다. 성식이 형은 우리에게 자기 아버지가 선거에서 낙선할 수 있게 도와달라고 했다. 아버지가 선거에서 낙선하기만 하면 그에 대한 대가를 지급하겠다고 했다. 당선이 아니라 낙선할 수 있게 해달라고 부탁하자 우리는 모두 의아했다. 낙선해야 하는 이유는 아버지가 또다시 이장에 당선되면 어머니가 힘들어서 그런다고 했다. 성식이 형은 엄마에게는 효자 아들이었다. 하지만 선거에서 당선되는 것이 아니고 낙선하게 하는 일은 쉬운 일이 아니었다. 얼핏 생각하면 뭔가 나쁜 일을 해야만 할 것 같았다. 그런데도 문둥이는 좋은 방법이 있다며 도와주겠다고 했다.

  문둥이 생각은 이랬다. 대머리 아저씨가 낙선되게 하는 일은 쉽지 않지만 반대로 꼬챙이 아저씨가 당선되게 하는 일은 쉬운 일이라고 했다. 역시 문둥이는 머리가 좋았다. 우리는 작전에 돌입했다. 우리는 마을 어른들이 사용하지 않는 방법을 사용했다. 대통령 또는 국회의원 선거에서나 사용하는 대자보를 만들었다. 우리는 대자보라는 말을 처음 들어봤으나 문둥이는 알고 있었다. 언젠가 큰아버지 댁에 갔다가 대학생 사촌 형이 대자보 만드는 것을 본 적이 있었다고 했다. 문둥이는 우리에게 대자보에 관해 설명했다. 하지만 대자보 내용을 쓰는 일은 쉽지 않았다. 그때 은영이가 자기 언니에게 부탁하겠다고 했다. 글쓰기와 그림 그리기를 좋아하는 은수 누나는 흔쾌히 부탁을 들어줬다. 우리는 모든 일을 비밀리에 진행했다. 어디선가 쏙닥쏙닥.

  우리는 먼저 꼬챙이 아저씨에 대한 정보를 수집했다. 수집한 정보는 은수 누나에게 전달했다. 또 공약을 만들기 위해 우리 마을에 시급한 문제가 뭔지 생각했다. 의외로 관심이 없어 보였던 다소니가 아주 그럴싸한 공약을 찾아냈다. 좀 거창하다 싶었지만, 마을 사람들이 혹할만했다. 마을 사람들이 읍내에 있는 시장에 나가려면 버스를 타야만 했는데 버스정류장까지는 한 시간 정도를 걸어 나가야만 했다. 짐이라도 있으면 항상 난감했다. 다소니가 생각해 낸 것은 경운기였다. 마을에 경운기를 한 대 마련해서 하루에 두 번 마을에서 버스 타는 곳까지 경운기를 운행하겠다는 공약이었다. 우리는 공약 내용을 쪽지에 정리해서 꼬챙이 아저씨네 우편함에 넣었다. 우리가 누군지는 밝히지 않았다. 다음날 꼬챙이 아저씨는 우리가 만든 공약을 내세웠다. 효과는 좋았다. 마을 사람들이 온통 그 이야기로 꽃을 피웠다.

  은수 누나는 우리가 수집한 정보를 바탕으로 대자보를 만들었다. 대자보는 선거 사흘 전에 마을회관은 물론 윗개티와 너금배에도 붙였다. 아무도 모르게 새벽에 몰래 붙였다. 대자보엔 꼬챙이 아저씨가 지난날 이장을 하면서 잘했던 이야기도 있었고, 앞으로 어떤 일을 할 것인가 하는 내용도 있었다. 무엇보다 경운기 운영 공약과 관련된 내용에 집중했다. 일단 사람들의 시선을 끄는 데는 성공했다. 하지만 동쪽 마을 사람들은 동요하지 않았다. 오히려 더 똘똘 뭉쳤다. 역시 우리가 기대할 수 있는 사람들은 서쪽 마을 사람들이었다. 그런데 서쪽 마을 사람들은 대자보를 보고도 자신들의 의중을 표현하지 않았다. 결국, 선거는 뚜껑을 열어봐야만 결과를 알 수 있었다.

선거 당일 우리는 두 후보 아저씨 못지않게 조마조마 가슴을 졸였다. 이장 선거는 마을 행사였으므로 아이들도 구경할 수 있었다. 맛있는 음식도 많이 준비되어 있었다. 아이들은 마을회관에 딸린 사랑방에서 구경했고 어른들은 회의실에서 개표를 진행했다. 밤 여덟 시쯤 투표 결과가 나왔다. 우리는 속으로 환호성을 질렀다. 다음 이장님은 꼬챙이 아저씨가 세 표 차로 당선됐다. 꼬챙이 아저씨는 3년 만에 이장 자리를 탈환했다. 그 순간 제일 좋아하는 사람과 제일 싫어하는 사람이 누군지 명확하게 드러났다. 가장 좋아하는 사람은 대머리 아저씨네 아주머니였고 가장 싫어하는 사람은 꼬챙이 아저씨네 아주머니였다. 아주 상반된 표정이었다. 꼬챙이 아저씨네 아주머니는 울상이었다. 물론 성식이 형은 좋아했다. 실망한 대머리 아저씨가 고개를 숙였다. 내년엔 대머리 아저씨를 도와드려야만 할 것 같았다. 다행히 마을 사람들은 일단 선거가 끝나고 나면 더는 신경전을 벌이지 않았다. 동쪽 마을 사람들도 꼬챙이 아저씨를 축하했고 대머리 아저씨도 꼬챙이 아저씨를 축하했다. 사회자인 지도자 아저씨가 선거 끝을 알렸다.

"내일부터 천구백팔십 년 한 해의 이장님은 꼬챙이 씨입니다. 자! 모두 한잔하시고 좋지 않았던 감정은 다 풉시다. 건배

합시다."

마을 사람들은 미리 준비한 음식을 먹었다. 어른들은 막걸리를 마셨고 우리는 읍내 시장에서 튀겨온 통닭을 뜯었다. 마을 사람들은 새해가 될 때까지 기다렸다. 아이들은 배가 부르자 윷놀이를 했다. 한참 즐겁게 놀고 있는데 누군가 희망차게 외쳤다.

"새해다!"

새해 첫날 오후에 우리는 억새밭에서 눈썰매를 탔다. 우리는 먼저 비료를 담았던 비닐포대에 볏짚을 넣고 눈썰매를 만들었다. 그런 다음 눈이 쌓인 산비탈에 썰매 코스를 만들었다. 그러고는 씽씽 눈썰매를 탔다. 제일 신난 건 은영이었다. 그렇게 한창 놀고 있는데 별안간 두꺼비아저씨가 지도자 아저씨와 함께 나타났다. 두 아저씨는 우리를 못 본 척하고 왕소나무 밑에서 뭔가 이야기를 주고받았다. 그러더니 내려가는 길에 두꺼비아저씨가 우리를 힐긋 훑어보고는 씽긋 웃었다. 새해 첫날부터 왠지 불길했다.

며칠 후 함박눈이 소복이 내린 다음 날 우리는 달봉 정상에 집합했다. 대장이 토끼몰이 사냥을 하자고 했다. 토끼몰이 사냥은 대장이 지난봄에 약속했었다. 우리는 대장 방식의 토끼몰이 사냥을 배울 수 있었다. 대장은 먼저 달봉 뒤에 있는 봉수산을 선택했다. 예전에 봉수대가 있던 산으로 개터에서 가장 높은 산이었다. 그래서 봉수산 또는 봉수대라고 불렀다. 대장은 사람 수가 많으면 많을수록 토끼몰이의 성공확률이 높다고 했다. 우리는 특별히 후배 세 명과 시나무니에 사는 범인을 데리고 산으로 올라갔다. 범인은 이름이 인범이라서 붙여진 별명이었다. 날개까지 포함해 모두 열여섯이었다. 여자는 유일하게 은영이 하나였는데 은영은 산에서도 우리 못지않게 잘 걸어 다녔다. 겉모습은 반짝이는 천사였으나 행동하는 건 아무리 봐도 서울 아이 같지 않았다.

우리는 산 중턱까지 올라갔다. 산 중턱엔 눈이 소복이 쌓여 있었다. 대장은 토끼가 다니는 길목을 찾았다. 토끼들도 사람처럼 다니던 길로만 다닌다고 했다. 눈 위에 토끼 발자국이 선명하게 남아있어 길목을 찾는 것은 어렵지 않았다. 우리는 대장의 지시에 따라 길목에 그물 세 개를 이어 붙여 설치했다. 그런 다음 소나무 가지를 잘라 다른 길목을 막았다. 토끼들이 그물 안으로만 들어오게끔 다른 길목을 차단하는 거라고 했다. 또 소나무 숲 사이에는 새 그물도 설치했다.

우리는 토끼그물을 설치한 곳에서 반대편으로 돌아갔다. 반대편에 도착한 우리는 웅성거리며 산꼭대기로 올라갔다. 우리가 웅성거린 것은 토끼를 반대편으로 몰아가기 위해서였다.

반대편엔 우리가 설치한 그물이 있었다. 하지만 아직은 토끼를 놀라게 하면 안 되었으므로 적당히 웅성거렸다. 산꼭대기에 도착한 우리는 일정한 간격을 두고 옆으로 길게 한 줄로 섰다. 그런 다음 저마다 준비한 깡통을 손에 들었다. 대장의 출발 신호가 떨어지자 우리는 일제히 깡통을 텅텅 두드리며 산 중턱으로 우르르 달려 내려갔다. 아이들은 저마다 소리를 질렀다. 야호! 다소니의 표정이 궁금했는데 다소니는 벌써 저 앞에 있었다.

그물을 향해 토끼몰이가 시작됐다. 토끼는 앞다리가 짧고 뒷다리가 길어서 산 위로는 누구보다 빨리 뛰었지만 산 아래로 뛰는 것은 불편할 수밖에 없었다. 우왕좌왕 어찌지 못할 것이 뻔했다. 그러다가 자기도 모르는 사이에 그물에 걸리게 되는 거다. 그런데 토끼뿐 아니라 산에 사는 모두가 난리가 났다. 제일 먼저 소나무 가지 사이에서 놀고 있던 솔새들이 이리저리 분주하게 움직였다. 솔새들은 본래 하늘 높이 날지 않고 나무와 나무 사이로만 날아다녔다. 어디선가 푸드덕하고 꿩도 날아올랐다. 누군가는 노루를 봤다는 아이도 있었다. 보자기가 조릿대 가지를 꺾어 엉덩이에 깔고 앉아 눈썰매를 탔지만 신통치 않자 아무도 따라 하지 않았다. 하늘에선 날개가 삐어! 삐어! 외치며 빙빙 돌았다.

그렇게 신나게 달려 내려오자 놀랍게도 토끼 두 마리가 그물에 걸려있었다. 그런데 저쪽에서 기울배기가 외쳤다. 여기 꿩도 걸렸어! 꿩도 정신이 없었던지 날아오르지 않고 달려 내려온 모양이었다. 꿩 처지에선 지지리도 운이 없었다. 문둥이는 은근히 노루가 걸려있기를 바랐지만, 노루는 없었다. 새 그물엔 솔새가 무려 열아홉 마리나 걸려있었다. 사냥은 대성공이었다. 다소니는 평소에 새 사냥을 싫어했지만, 그날만큼은 아주 자연스러운 일이라며 멋쩍게 웃어넘겼다. 의외의 반응이었다. 다소니도 그만큼 재미있었나 보다. 아니면 대장의 체면을 세워주려는 배려였을지도 모른다.

우리는 산에서 내려와 계곡 끝까지 올라와 있는 다랑논으로 갔다. 안산할아버지네 논이었다. 집단 가리로 바람을 막고 그 한가운데에 자리를 잡았다. 그런 다음 미리 준비해 놓은 마른 나뭇가지로 모닥불을 피웠다. 모닥불을 피우는 사이에 대장과 꼬룡새, 범인은 사냥감을 손질했다. 사실 범인을 특별히 데려온 데는 그만한 이유가 있었다. 범인은 사냥감 손질을 잘했다. 털을 뽑지 않고 아예 껍질을 통째로 벗겼다. 그러고는 내장을 제거한 후 계곡물로 깨끗이 씻었다. 계곡물은 꽝꽝 얼어붙어 있어 얼음을 깨고 그 밑에 흐르는 물로 씻었다. 헌신짝은 불 피우는 일을 잘했다. 나뭇가지에 불이 붙자 장작을 나뭇가지 위에 올려놓았다. 얼마 후 적당한 숯불이 만들어졌다. 잘 손질된 사냥감을 빨갛게 달아오른 숯불에 구웠다. 사실 가장 맛있는 고기는 솔새였다. 솔새는 참새보다 작아서 먹을 것이 거의 없었음에도 숯불에 노릇노릇하게 구운 다음 소금을 찍어 입에 넣으면 환상적인 맛이었다. 명절에나 먹을 수 있는 소고기보다도 훨씬 더 맛있었다. 아이들은 모두 사냥감을 맛있게 먹었다. 후배들은 물론 은영도 맛있다며 잘 먹었다. 누구보다 대장이 뿌듯해했다. 하지만 다소니는 그 어떤 고기도 먹지 않았다. 다소니는 논 옆에 있는 참나무에 올라가더니 삐어! 삐어! 하고 소리를 냈다. 그러자 어디선가 입에 뭔가를 물고 날개가 날아왔다. 날개도 어수선한 틈을 타 사냥에 성공한 모양이었다.

16

겨울 방학이 거의 끝나갈 무렵이었다. 어느 날 갑자기 소랭이에 사는 원기 형이 우리를 찾아왔다. 토끼 올무를 설치하러 산에 올라왔다가 오두막이 우리 아지트라는 것을 알았다고 했다. 내 기록 노트를 읽었던 거다. 다행인지 불행인지 산에서 내려가다가 박사를 만났고 아지트 이야기를 꺼내자 박사가 어쩔 수 없이 사실을 말해줬다고 했다. 물론 박사는 비밀을 지켜달라고 부탁했다.

원기 형은 다짜고짜 자기 편지를 두꺼비아저씨네 집에 있는 아가씨에게 전해달라고 했다. 놀랍게도 지난가을 두꺼비아저씨에게 시집온 젊은 아가씨를 두고 하는 말이었다. 아! 문둥이가 짧은 감탄사를 내뱉었다. 그 순간 나는 문둥이의 엷은 미소를 볼 수 있었다. 그동안 기회를 엿보며 기다리더니 드디어 복수할 기회를 잡았다고 생각하는 것 같았다. 전혀 예상하지 않은 방법으로 복수할 기회가 찾아왔던 거다. 그것도 두꺼비아저씨 때문에 옮겨온 이 아지트를 통해서, 마치 예견됐던 것처럼 말이다. 우리는 무당집 아지트가 불탔던 그 순간의 눈물을 절대 잊지 않았다.

사실 젊은 아가씨는 시집을 왔다기보다는 홀아비에게 돈에 팔려 온 가엾은 처지였다. 두꺼비아저씨는 부인이 죽은 후 중학생 딸 정숙 누나와 둘이 살았다. 또 고등학생 아들 성수 형은 외지에서 학교에 다녔다.

노총각 원기 형은 같은 마을에 살았던 아가씨를 연모하다가, 단지 돈이 없다는 이유로 자기 여자를 빼앗겼다며 분통하다고 했다. 원기 형은 자기 편지를 그 아가씨에게 전해달라고만 했다. 문둥이가 다소 실망한 듯 그게 전부냐고 물었으나 원기 형에게 다른 계획은 없었다.

대장이 또다시 망설였다. 그러자 문둥이와 보자기가 대장을 설득했다. 사실 두꺼비아저씨는 젊은 아가씨를 부인으로 맞이한 일을 놓고 근처 마을 사람들에게 욕을 먹고 있었다. 늙은 놈이 돈을 내세워 새파랗게 젊은 아가씨를 둘째 부인으로 얻었다며 뒤에서 수군거렸다. 문둥이는 당연히 개티오빠스파가 앞장서야 한다며 대장을 설득했다. 그러는 가운데 원기 형은 대장이 계속 머뭇거리자 우리 아지트를 개티 마을 사람들에게 폭로하겠다며 대놓고 협박했다. 그러더니 갑자기 천 원짜리 지폐를 몇 장 내밀었다. 만약, 아가씨를 만날 수 있게만 해준다면 이 돈의 열 배에 달하는 돈을 주겠다고 했다. 놀랍게도 원기형이 생각을 바꿨던 거다. 처음엔 편지만 전해달라고 하더니 이번엔 만나게 해달라며 계획을 변경했다. 대장은 고개를 저었지만, 문둥이는 내심 좋아하는 눈치였다. 거액의 돈을 눈앞에서 확인한 대장은 고민했다. 다소니가 비행 날개를 제작하려면 군부대에서 나오는 낙하산 원단이 필요했는데 고물장수가 제시한 돈이 꽤 컸다. 그래서 많은 돈이 필요했다. 고민하던 대장이 좋다고 하자 문둥이는 기다렸다는 듯이 곧바로 작전에 돌입했다. 일단 편지를 전달하는 일은 그렇게 어려울 것 같지 않았다.

그렇게 작전을 진행하던 도중 문둥이의 엄청난 계획이 드러났다. 문둥이는 나름 신념을 가지고 작전을 펼쳤다. 불쌍한 아가씨를 악마 같은 심술쟁이 괴짜 악당으로부터 구해줘야 한다는 신념이었다. 문둥이는 당혹스럽게도 원기 형과 아가씨가 영영 도망치는 계획을 짰다. 단순히 편지만 전달하는 일이 아니었다. 문둥이는 악마라는 단어와 신념이란 단어를 생각해 냈으며, 우리가 하는 일은 좋은 일이라고 거듭 설명하고 또 설득했다. 문둥이는 어떤 일이든 명분을 만들었고 실리를 챙겼으며 명확하게 계획을 짰다. 이번 일은 더더욱 그랬다. 문둥이에게 개티오빠스파는 단순한 골목 놀이가 아니었다. 문둥이는 이번 일에 우리의 사활을 걸었다. 묘하게도 문둥이의 이러한 노력은 아이들로 하여 개티오빠스파로서의 자부심을 품게 했다. 어느 날 나는 문둥이가 한 말을 하나하나 기록하다가 까닭 모를 두려움을 느꼈다. 하지만 누구에게도 말하지는 않았다. 찬물을 끼얹을 분위기가 아니었고 나 또한 뭐가 옳은 일인지 구분할 수 없었다.

결국, 원기 형은 아가씨와 함께 도망갈 계획이라고 선언했다. 놀랍기는 했으나 우리는 환호했다. 드디어 제대로 복수를 시행할 수 있게 됐다며 좋아했다. 그러나 대장은 다시 망설였다. 그러자 문둥이가 개티오빠스파는 절대 착하지 않다는 규칙을 내세웠고, 결국 대장도 허락했다. 문둥이가 정한 규칙은 이렇게 매번 효과를 발휘했다. 그때 나는 대장이 자꾸만 망설이자 우리가 처음으로 나쁜 일을 하는 것 같았다. 그러면서도 내 생각을 말할 수 없었다. 다소니도 가타부타 말이 없었다. 그때 은영이 우리 앞에서 아주 놀라운 이야기를 했다.

"아가씨가 원하는 일이라면 당연히 도와줘야 해. 그게 개티오빠스파가 할 일이지. 그렇지 않아?"

은영의 이 말은 머뭇거리던 대장은 물론 우리 모두에게 힘을 줬다. 우린 그때까지 아가씨의 마음에 대해선 생각해 보지 않았다. 아가씨라면 당연히 도망가고 싶을 것 같았다. 무엇보다 당사자인 아가씨의 생각이 제일 중요하다는 것을 알게 됐다. 우리가 하는 일은 결코 나쁜 일이 아니라고 믿었다.

전략가 문둥이는 반드시 성공하기 위해 계획을 철저히 짰다. 문둥이는 먼저 원기 형이 쓴 연애편지를 꼼꼼히 읽었다. 그런데 굳이 꼼꼼히 읽어볼 필요도 없었다. 어린 우리가 읽기에도 유치하기 짝이 없었다. 문둥이는 내게 연애편지를 써보라고 했다. 나는 물론 글쓰기를 좋아했지만, 연애편지는 한 번도 써 본 적이 없었다. 내가 쓰는 글은 이야기를 수집하고 수집한 이야기를 정리하는 것이 전부였다. 순간 은수 누나가 머릿속에 떠올랐다. 이번에도 은수 누나의 도움이 필요했다. 은영을 앞세워 은수 누나를 찾아갔다. 은수 누나는 기꺼이 편지를 써주겠다며 아주 명쾌하게 말했다. 은수 누나는 자기 생각을 종이에 써서 우리에게 말했다.

'사랑에는 용기가 필요한 법이야. 당연히 아가씨도 행복해질 권리가 있어. 모든 것은 아가씨가 선택할 문제지.'

행복해질 권리! 생전 처음 듣는 말이었는데도 이해할 수 있었다. 은수 누나의 경우엔 말보다 글이 더 설득력 있었다. 나는 그 문장들 속에서 아주 묘한 매력을 느꼈다. 내겐 좀 어려운 말이었으나, 어쨌거나 아가씨의 마음이 제일 중요했다. 역시 은수 누나의 편지는 감동적이었다. 어떤 여자라도 넘어올 것 같았다. 무슨 이유에서인지 문둥이는 은수 누나가 쓴 편지를 모조리 외우다시피 했다. 혹시 은수 누나를 좋아하느냐고 묻자, 펄쩍 뛰었다. 왠지 그 꼴이 더 수상했다.

우리는 밤낮으로 두꺼비아저씨네 집을 관찰했다. 그 집은 산 밑에 있었는데 산에 있는 나무에 오르자 집 마당이 훤히 내려다보였다. 그런데 여러 날이 지나도 아가씨는 문밖으로 절대 나오지 않았다. 두꺼비아저씨가 문밖으로 나가지 못하게 한다는 소문이 사실이었다. 그렇다면 담장을 넘어 들어가는 방법밖에 없었다. 또한, 두꺼비아저씨와 정숙이 누나가 모두 집을 비운 시간밖에 기회가 없었다. 그러한 이유로 이번 일은 밤에 할 수 없었다. 밤엔 두꺼비아저씨도 정숙이 누나도 집에 있었다. 연애편지를 전달하는 일은 보통 밤에 했지만, 이번엔 낮에 담장을 넘어야 했다. 결국, 이 일은 학교에 다니지 않는 대장과 다소니가 해야 할 일이었다.

문둥이는 처음으로 다소니에게 부탁했다. 밤이라면 누가 해도 상관없었으나 낮에 해야 하는 일이라서 다소니의 담장 넘는 솜씨와 사라지는 솜씨가 필요했다. 다소니는 빠르고 몸이 작아 무엇이든 잘 넘었고 어디에든 잘 숨었다. 이 일이 전혀 맘에 들지 않는 눈치였으나 딱 한 번만 도와달라는 문둥이의 부탁을 딱 잘라 거절하지 못하는 듯했다. 그러자 은영이 다소니를 부추겼다. 아가씨도 행복하게 살아야 하지 않겠느냐고 했다. 대장도 다소니처럼 반기는 눈치가 아니었다. 그런데도 다소니가 비행 날개를 제작하려면 큰 자금이 필요했으므로 결국 문둥이가 시키는 대로 했다. 대장도 다소니도 알겠다고는 했으나 웃지는 않았다.

일은 생각보다 순조롭게 시작됐다. 드디어 기회가 왔다. 방학이 끝나자 정숙이 누나는 학교에 다녔고 두꺼비아저씨는 밤나무 가지치기를 하러 날마다 산에 올라갔다. 부하들은 물론 학교에 다녔다. 대장과 다소니는 곧바로 일을 진행했다. 대장이 망을 봤고 다소니가 담장을 넘었다. 다소니는 곧바로 편지를 안방에 집어넣은 다음 다시 담장을 넘었다. 넷째 날까지는 순조로웠는데 다섯째 날 다소니와 두꺼비아저씨가 마주쳤다. 다소니가 담장을 넘었을 때 밖으로 나갔던 두꺼비아저씨가 갑자기 대문 안으로 들어섰던 거다. 두꺼비아저씨가 집에서 나가는 것만 확인하고 다시 돌아온 건 확인하지 않은 탓이었다. 다행히 두꺼비아저씨가 들어서기 직전 어디선가 마당 안으로 축구공이 날아 들어왔다. 망을 보던 대장이 두꺼비아저씨가 대문 안으로 들어가는 것을 발견하고는 동시에 공을 집어넣은 거다. 축구공은 문둥이가 미리 준비한 것이었는데, 역시 철두철미했다. 두꺼비아저씨와 다소니 사이에 공이 있었다. 다소니가 공을 줍자 어디 사는 놈이냐고 물었다. 다소니는 대꾸하지 않았다.

두꺼비아저씨를 요리조리 살피던 다소니는 별안간 담장을 훌쩍 뛰어넘었다. 두꺼비아저씨가 문밖으로 뛰어나왔을 땐 다소니도 대장도 보이지 않았다. 둘은 옆집 마당 안 담벼락에 붙어 있었다. 다행히 두꺼비아저씨는 특유의 끈질긴 추적을 포기했다. 뭐라고 투덜거리기는 했지만, 그냥 자기 집으로 들어갔다. 다소니가 누군지 모르니 어쩔 수 없는 모양이었다. 이튿날 두꺼비아저씨가 산으로 올라가는 것을 확인한 다소니는 다시 담장을 넘었다. 아가씨는 마음을 쉽게 열지 않았으나 다소니 앞에 나타나 그만 오라는 말도 하지 않았다. 그러자 문둥이는 아가씨가 편지를 읽은 후 갈등을 겪고 있을 거라고 했다.

드디어 열흘째, 은수 누나가 마지막이라고 예언한 날이었다. 아가씨가 어떤 선택이든 결정할 거라고 했다. 아마도 편지 내용을 그렇게 쓴 모양이었다. 드디어 아가씨가 다소니를 기다렸다. 답장을 다소니에게 건넸다. 아가씨는 다소니에게 편지를 건네며 수줍게 웃었다고 했다. 다소니는 그 순간의 아가씨를 이렇게 표현했다.

"착한 눈빛을 가지고 있었어. 늙고 고집스러운 심술쟁이와 살기에는 너무 착하고 순수한 눈빛이었지. 그런데 말이야, 그 눈빛을 보자 내가 잘한 일이라는 생각이 들었어."

다소니가 한 번 더 담장을 넘었고 일은 그렇게 끝났다. 생각해 보면 당사자인 아가씨가 제일 힘들었던 일이었다. 은수 누나의 말처럼 아가씨의 결정이 제일 중요했던 거다. 한 달 후 햇살 가득한 봄날, 노총각 원기 형과 아가씨는 읍내 터미널에서 같은 버스에 올라탔다. 아가씨는 친정엄마의 제삿날을 기회로 삼았다. 친정에 간다며 혼자서 집을 나올 수 있었다. 물론 두 사람은 변장하고 있었다. 혹시나 사람들이 알아볼까 봐 문둥이가 변장하라고 했다. 버스가 어딘가에 도착해서 내릴 때까지도 두 사람은 서로를 아는 척하지 않았다. 두 사람은 원기 형이 미리 준비해 둔 어떤 집에 도착해서야 비로소 서로를 아는 척했다.

문둥이의 전략은 완벽하게 성공했다. 사람들은 원기 형을 전혀 의심하지 않았다. 이튿날 원기 형은 소랭이 마을로 돌아왔고 개티오빠스파에게는 약속했던 지폐가 생겼다. 원기 형은 그렇게 한 달을 더 있다가 돈을 벌어오겠다고 하고는 서울로 갔다. 원기 형은 서울로 가기 전에 두꺼비아저씨의 눈에 서너 번 띄었는데 이것 또한 문둥이의 전략이었다. 문둥이는 두꺼비아저씨라면 소랭이 마을에 사는 노총각 원기 형을 당연히 의심할 거라고 했다. 일이 계획대로 진행되자 누구도 원기 형을 의심하지 않았고 개티오빠스파 아이들은 끝까지 함구했다.

17

 개티오빠스파 사상 최대의 복수 작전은 대성공으로 끝났다. 아이들 모두 통쾌하게 생각했다. 악마로부터 천사를 구해냈다는 신념 때문인지, 우리 중에 죄의식을 느끼는 아이는 아무도 없었다. 문둥이는 대장이나 다소니와는 아주 달랐다. 대장과 다소니가 본능을 따랐다면 문둥이는 이성을 따랐고 집요했다. 집요한 성격 면에서는 문둥이와 두꺼비아저씨가 크게 다르지 않았다. 문둥이는 어쩌면 자존심 회복을 위해 아가씨 구출 작전에 전념했는지도 몰랐다. 나는 최종적으로 문둥이가 두꺼비아저씨를 이겼다고 생각했다. 제아무리 심술쟁이 악당이라 하더라도 더는 다른 일이 없을 거라고 믿었다.
 그러던 어느 날 문둥이는 다소니에게 머리카락을 자르라고 했다. 두꺼비아저씨와 마주쳤던 일이 왠지 자꾸만 마음에 걸린다고 했다. 다소니는 고민 끝에 머리카락을 잘랐다. 그러자 천진난만한 아이 같았다. 날카롭던 눈빛은 온데간데없이 누구보다 맑은 눈빛을 가지고 있었으며 누구보다 하얀 얼굴을 가지고 있었다. 도시에서 온 아이 같았다. 그러고 보니 친아빠가 살아있었다면 다소니도 은영처럼 서울 아이였다.

어떻게 된 걸까? 두꺼비아저씨의 저주인가? 사실 어떤 일도 없었다. 다만, 다소니가 머리카락을 자른 것뿐이었다. 그렇다면 머리카락 때문인가? 하여간 다소니가 머리카락을 자른 이후, 어떤 마법이 풀리기라도 한 것처럼, 어찌 된 일인지 일을 주도했던 문둥이는 물론 대장도 다소니도 다른 아이들 누구도 좋아하지 않았다. 또 아이들은 두꺼비아저씨와 마주칠 때마다 마음이 불편하다고 했다. 아가씨를 잃은 두꺼비아저씨는 시무룩했다. 우리뿐만 아니라 다른 아이들도 괴롭히지 않았다. 동네 형들이 두꺼비아저씨네 닭장 서리를 부탁했지만 거절했다. 사실 우리는 그 어떤 서리도 하지 않았다. 다만, 다소니는 낙하산 원단이 생기자 말없이 비행 날개 제작에 전념했다. 그때 나는 너무 멀리 왔다는 말의 뜻을 막연하게 알 수 있었다.

어느 날 뜬금없이 대장과 다소니가 나에게 왕소나무에 올라가자고 했다. 혼자 올라가기 힘들면 셋이서 함께 올라가자고 했다. 나무 꼭대기에서 새로운 세상을 보여주고 싶다고 했다. 참으로 갑작스러운 제안이었다. 왕소나무를 올려다보는 것만으로도 가슴이 울렁거리며 현기증이 났으나 대장과 다소니를 믿고 용기를 냈다. 둘의 도움으로 왕소나무에 올라갔고 새로운 세상을 봤다.

 시간이 흐르고 산과 들에 봄이 왔으나 우리 마음엔 봄이 오지 않았다. 한마디로 지금까지 우리가 살아보지 않은 계절을 맞이했다. 계절이 수상해서 그런지 두꺼비아저씨가 우리 마을에 자주 나타났다. 그때마다 가슴이 뜨끔했다. 다행히 들과 산이 우리를 그냥 두지 않았다. 진달래가 피고 개나리가 피고 마을이 온통 새싹으로 빛났다. 우리는 새싹처럼 점차 기운을 냈고 들과 산으로 쏘다녔다. 그러던 어느 날, 왕소나무 밑에 앉아있는데 저쪽에서 두꺼비아저씨가 먹이를 사냥하는 사자처럼 슬금슬금 다가왔다. 새해 첫날 눈썰매 탔었을 때도 이곳에서 봤었으나 그때와 달리 심장이 쿵쾅거렸다. 아무래도 봄을 모른 척하고 조용히 살았어야만 했나 보다.
 두꺼비아저씨는 다소니 앞으로 가까이 다가가더니, 돌연 전에 본 적이 있지 않으냐고 물었다. 심장이 철렁했으나 다소니는 침착하게 고개를 저었다. 문둥이 말대로 머리카락을 자른 것은 잘한 일이었다. 두꺼비아저씨는 고개를 갸웃하더니 우리를 하나하나 둘러보고는 아주 단호하게 말했다.
 "앞으로 이곳에선 절대 놀 수 없어!"
 두꺼비아저씨는 자기가 이 땅을 샀다고 했다. 자기 땅에 있으니 왕소나무도 자기 소유라고 했다. 우리는 왕소나무가 개인 거라는 말을 도무지 믿을 수 없었다. 그것도 두꺼비아저씨 거라니! 있을 수 없는 일이었다. 그러나 사실이었다. 우리는 느닷없이 나무 친구를 잃었다. 아지트에 이어 나무 친구까지! 두꺼비아저씨는 천성적으로 기습을 좋아했다. 아가씨가 떠난 이후 한동안 슬픔에 빠져있더니 벌써 다 잊은 모양이었다. 아니면 화풀이하는 것인지도 몰랐다. 문둥이는 혀를 찼다. 문둥이가 이긴 것이 아니었다. 문둥이는 어떻게든 끝을 봐야 끝날 것 같다며 고개를 저었다. 그날 이후 우리는 어떤 수렁 속으로 점점 빠져들기 시작했다. 결국, 두꺼비아저씨는 얼마 후 끝을 보고야 말았다. 불행하게도 우리가 졌다. 아니, 망했다.

 수루우 쿵 쾅! 하늘 무너지는 소리가 온 마을에 울려 퍼졌다. 온 마을이 진동했고 잠시 시간이 멈췄다. 제일 먼저 다소니가 뒷산으로 뛰어 올라갔고 곧이어 나와 친구들이 뛰어 올라갔다. 저만치 앞에 굳건히 서 있어야 할 왕소나무가 길게 누워있었다. 두꺼비아저씨와 일꾼들이 그 줄기 위에 걸터앉아 앞에 있는 꼬마를 바라봤다. 그 앞에 다소니가 부들부들 떨고 있었던 거다. 왕소나무가 쓰러지는 일은 꿈에서조차도 상상해 보지 않았다. 잠시 후 마을 사람들이 뛰어 올라왔다. 왕소나무는 적어도 삼백 년 이상 살았다고 했다. 그런데 저렇게 땅바닥에 눕고 말다니! 사람들은 모두 할 말을 잃고 그저 바라만 봤다. 이미 잘린 나무를 어떻게 할 도리도 없었다. 그때 두꺼비아저씨가 우리에게 성큼성큼 다가오더니 섬뜩하게 웃었다.

"너희들은 뭔가 알고 있지?"

두꺼비아저씨가 별안간 아가씨의 일을 물었다. 우리는 무의식적으로 고개를 저었다. 몽상가가 무슨 말인지 모르겠다고 하자 다시 섬뜩하게 웃으며 말했다.

"그러니까 너희들을 대신해서 나무가 죽은 거야."

순간 다소니가 푹 쓰러졌다. 다소니는 누구보다 나무를 사랑했다. 언젠가 모든 나무엔 영혼이 있다고 말했었다. 나무는 마을과 사람들의 이야기를 기억한다고도 했다. 그러니까 다소니가 혼절한 것은 다소니라서 당연했다. 대장이 혼절한 다소니를 업고 산에서 내려갔다. 그 모습을 보며 마을 사람들이 두꺼비아저씨를 절망스러운 눈빛으로 쳐다봤다. 그때 놀랍게도 은수 누나가 두꺼비아저씨에게 다가가더니 수화로 무슨 말인가를 퍼부었다. 은수 누나는 입으로 응, 응 소리를 내면서 눈물을 흘렸다. 그때 은영이 그 수화 동작을 해설하듯 이렇게 말했다.

"아저씨는 아주 나쁜 사람이에요. 그러니까 아가씨가 도망간 거라고요. 나라도 아저씨하고는 징그럽고 무서워서 못 살았을 것 같아요. 정말 형편없어요."

어쩌면 두꺼비아저씨는 다소니가 자기 집 마당에 들어왔던 사실을 기억해 냈는지도 몰랐다. 황당하게도 그 화풀이를 죄

없는 왕소나무에게 했다. 하필 이 땅을 두꺼비아저씨가 산 것이 문제였다. 또 이 땅을 판 사람이 지도자 아저씨라는 것도 다소니에겐 문제였다. 우리는 아무런 말도 못 하고 산에서 내려왔다. 그날 밤 나는 헌신짝과 함께 왕소나무 그루터기를 찾아갔다. 나무 밑 땅속에 묻어둔 기록 노트를 캐냈다. 헌신짝도 나도 자꾸만 눈물이 났다. 다행히 다소니는 이튿날 무사히 깨어났지만, 다소니는 우리와 어울리지 않고 다시 혼자 다녔다. 대장도 어떤 말이 없었다.

며칠 후 두꺼비아저씨는 아무 일도 없다는 듯 자기가 사들인 억새밭과 산에서 벌목을 시작했다. 여전히 화풀이하듯 여기저기에서 베어낸 나무와 풀, 억새 뿌리를 불태웠다. 그러자 다소니가 은영과 나에게 두꺼비아저씨를 찾아가자고 했다. 할 말이 있다고 했다. 다소니는 이처럼 가끔 의외의 행동을 했으나 언제나 그럴만한 이유가 있었다. 다소니는 두꺼비아저씨와 마주하자마자 다짜고짜 이렇게 말했다.

"여기서 불 피우면 위험해요!"

어쩌면 아이들이 먼저 두꺼비아저씨에게 어떤 말을 꺼낸 것은 다소니가 처음일지도 몰랐다. 두꺼비아저씨는 당황할 만도 한데 전혀 개의치 않았다. 다소니를 시큰둥하게 바라보더니 고개를 돌렸다. 다소니가 다시 큰소리로 위험하다고 말하자 그제야 고개를 갸웃하더니 뭐 때문에 위험할 것 같으냐고 반문했다. 다소니가 머뭇거리자 빈정대며 말했다.

"왜? 왕소나무를 베었으니 산신령이 저주라도 내릴 것 같니?"

"오빠스들이 달려들지도 몰라요. 작년에 박 씨 아저씨도 오빠스들에게 당한 거예요"

다소니의 얼굴은 지금까지 내가 보았던 그 어느 때보다 심각했다. 그러니까 다소니는 지금 두꺼비아저씨를 걱정하고 있었다. 그런 다소니를 안쓰럽게 바라보던 은영도 제발! 한 번만 믿어보라며 거들었다. 두꺼비아저씨는 다소니 얼굴을 빤히 쳐다봤다. 하지만 이내 일꾼들과 함께 비웃어버렸다. 오빠스는 한여름에나 독이 올라 덤벼든다며 걱정하지 말고 저리 가라고 했다. 다소니가 다시 부탁했으나 두꺼비아저씨는 아예 듣지 않았다. 우리는 그냥 돌아설 수밖에 없었다.

두꺼비아저씨는 아이들과 대화하는 법을 몰랐다. 그래서 그렇게 괴롭힌 모양이었다. 처음으로 두꺼비아저씨가 가엾다는 생각이 들었다. 산에서 내려오는데 다소니가 뒤를 힐끗거리며 중얼거렸다. 저렇게 몇 날 며칠 불을 피워대면 오빠스들이 한여름이라고 생각할지도 몰라! 듣고 보니 그럴 수도 있겠다는 생각이 들었다. 그런 일이 생기지 않기를 바랐다. 그 순간 나는 아주 놀라운 것을 보았다. 다소니의 눈가에 이슬이 맺혔다. 믿기지 않았으나 다소니는 진심으로 두꺼비아저씨를 걱정했다.

 이튿날도 다소니와 은영과 나는 이른 아침부터 달봉 꼭대기에 올라 억새밭을 살폈다. 두꺼비아저씨는 여전히 여기저기에 불을 피워놓았다. 억새 뿌리를 제거하려니 불을 피울 수밖에 없는 모양이었다. 다소니는 금방이라도 울 것 같았다. 오빠스 은신처를 모두 캐내어 불태워 죽이면 어떻겠냐고 묻자, 자유롭지 못한 일이라며 딱 잘라 거절했다. 그러더니 잠시 후 그렇게라도 해야겠다고 했다.

 바로 그때 억새밭에서 누군가 비명을 질렀다. 또 누군가 불구덩이 속으로 넘어졌다. 우리는 곧바로 억새밭으로 달려 내려갔다. 우리가 도착했을 때 일꾼들이 두꺼비아저씨를 불구덩이에서 일으켜 세웠다. 공교롭게도 왕소나무가 누운 자리였다. 다소니가 걱정했던 것처럼 두꺼비아저씨 몸에 오빠스들이 달라붙어 있었다. 두꺼비아저씨는 혼절한 듯 정신이 없어 보였다. 일꾼 둘이 두꺼비아저씨를 둘러업고 마을로 뛰어 내려갔다. 불은 왕소나무를 까맣게 태우고 달봉으로 번져갔다. 그러자 혼자 남은 일꾼 아저씨가 소나무 가지를 꺾더니 불구덩이 속으로 뛰어들어 불을 껐다. 다소니와 나도 소나무 가지를 꺾어 불을 껐고 은영은 마을로 뛰어 내려갔다. 잠시 후 은영은 아이들과 함께 올라왔다. 곧이어 마을 사람들이 저마다 도구를 하나씩 들고 뛰어 올라왔다. 얼마 후엔 너금배와 윗개티, 뒷말, 시나무니 마을 사람들도 달려왔다. 불은 다행히 오후가 되자 잡혔다.

  그제야 혼자 남았던 일꾼 아저씨가 우리를 둘러봤다. 아저씨는 눈물을 흘리며 다소니에게 말했다.

"네가 위험하다고 했을 때 그 말을 들었어야 했어. 불을 피워놓고 앉아있는데 갑자기 그놈들이 우르르 달려든 거야. 정말 무서웠어. 하필 오빠스 집 위에 불을 피웠던 거지. 아저씨는 불방망이를 들고 도망쳤어. 오빠스 떼가 아저씨를 쫓아갔지. 그러다가 아저씨가 왕소나무 가지에 걸려 넘어지고 말았던 거야. 그 바람에 불방망이가 메마른 억새 위에 떨어졌고 순식간에 산불이 났지. 가까스로 두꺼비아저씨를 불구덩이에서 건져냈지만, 이미 화상이 심했어. 벌도 많이 쏘였고. 괜찮을지 모르겠어."

  이렇게 말을 맺은 아저씨는 넋을 잃은 듯 멍하니 하늘을 올려다봤다. 산에서 내려온 다소니는 이미 해가 지고 어두운데도 둥구나무에 올라갔다. 어쩌면 나무 위에서 혼자 울었을지 모른다. 새벽녘 빗소리에 잠에서 깼다. 까만 새벽 빗소리를 듣고 있자니 참았던 눈물이 새어 나왔다. 두꺼비아저씨가 안 됐다는 생각이 들었지만, 그것 때문에 나오는 눈물은 아니었다.

까닭 없이 가슴이 답답하고 화도 나고 슬펐다. 날이 밝아도 자꾸만 눈물이 나왔다. 봄비가 장맛비처럼 굵게 온종일 내렸다. 저녁 무렵 두꺼비아저씨가 서울에 있는 대학 병원에 입원했다는 소식이 들려왔다. 비는 연이어 주룩주룩 내렸다. 대장이 생각났다. 대장은 언젠가부터 집합 명령을 내리지 않았다. 문둥이도 조용했다. 아차! 다소니는 지난밤 둥구나무에서 내려왔나? 나는 비로소 내가 왜 울었는지 깨달았다. 대장과 다소니가 어디론가 사라질 것만 같았다. 작년 이맘때 갑자기 우리에게 왔던 것처럼. 또한, 은영과 은수 누나도!

18

이장 아저씨 집에는 다른 집에 없는 전화기가 한 대 있었다. 우리 마을뿐만 아니라 다른 마을에도 이장 아저씨 집에만 전화기가 있었다. 마을 이장이 꼬챙이 아저씨로 바뀌었는데도 전화기는 여전히 대머리 아저씨 집에 있었다. 꼬챙이 아저씨 집이 너금배에 있어 너무 멀다는 이유로 전화국에서 옮겨주지 않았던 거다. 전화기의 연결방식은 교환원이 중간에 끼어 수신자와 발신자를 연결해 주는 방식이었다. 발신자가 전화기를 들고 손잡이를 드르륵드르륵 돌리면 교환원이 나오고 교환원이 발신자의 전화를 수신자 전화기에 연결해 줬다. 다소니는 이런 전화기를 보고 신통방통한 놈이라고 했다.

어느 날 은영은 전화기에 대해 이상한 예언을 했다. 한 삼십 년쯤 후에는 어른들은 물론이고 우리와 같은 아이들도 줄이 없는 전화기를 들고 다닐 거라고! 어떤 근거로 그런 말을 하는지는 헤아릴 수 없었으나 다소니는 백과사전이 한 말이니까 무조건 믿겠다고 했다. 다소니는 생뚱맞게도 만약 그런 날이 온다면 사람과 다른 동물이 대화하는 것도 가능해지지 않겠냐고 물었다. 다소니는 곤충이나 새와 대화하는 것이 소원이었다. 은영도 다소니도 남달랐는데 은영은 분명 천재가 맞았다. 은영은 보통 아이들보다 뛰어났다. 책을 많이 읽어서 아는 것이 많았을 뿐만 아니라 기억력까지 좋아서 한마디로 백과사전이었다. 반면, 다소니는 남다르기는 했으나 뛰어나다기보다는 남들이 쉽게 생각하지 않는 것들을 생각했다. 그래서 다소니에 관해서는 이렇다저렇다 논리적으로 설명하기 어렵다.

밤나무 가지에 꽃눈이 돋아나던 어느 날 한밤중에 전화기가 뚜르르 뚜르르 다급하게 울어댔다. 대머리 아저씨가 전화를 받자 경찰서에서 지도자 아저씨를 찾았다. 대머리 아저씨의 아들 성식이 형이 다소니네 집으로 다급하게 달려갔다. 대문을 두드리자 지도자 아저씨가 나왔다. 지도자 아저씨는 곧바로 대머리 아저씨 집으로 달려가 전화를 받았다. 잠시 후 지도자 아저씨는 집으로 돌아와 사랑채 문 앞에 섰다. 그렇다면 은영이네 집에 무슨 일이 있는 모양이었다.

다소니는 이와 같은 전화 연결 과정이 흥미롭다며 신기해했다. 그래서 이따금 대머리 아저씨 집에서 전화벨이 울리면 곧장 달려가 전화 심부름을 자처했다. 대머리 아저씨네 아이들은 모두 학교에 다녔기 때문에 평일 낮엔 다소니가 자주 전화 심부름을 했다. 누구네 집에 전화가 왔는지를 알아내어 그 소식을 수신자에게 전달하는 일이었다. 수신 당사자가 집에 없을 땐 논과 밭으로 찾아다녔다. 다소니가 어른과 이야기를 나누는 유일한 시간이었다.

그러나 그날 밤은 다소니의 상상만큼 즐겁지 않았다. 다소니와 내가 집에서 나왔을 때 다소니네 사랑채에서 울음소리가 새어 나왔다. 그 이후 진행된 상황을 추측해 보면 이렇다. 지도자 아저씨가 다시 대머리 아저씨네 집으로 가서 수화기를 들고 손잡이를 드르륵드르륵 돌렸다. 교환원이 나왔다. 교환원은 지도자 아저씨의 전화를 면내에 있는 택시 기사 집으로 연결해 줬다. 면내에 있는 택시 기사는 둘 뿐이었다. 택시 기사 집 아주머니가 전화를 받았다. 지도자 아저씨는 아랫개티라고 말하고는 빨리 와달라고 부탁했다. 아주머니는 남편이 운행을 마치고 집에 들어오자마자 아랫개티로 가야 한다고 말했다. 밤늦게 택시를 찾는 것은 매우 다급한 상황이라는 것을 택시 기사는 잘 알고 있었다. 깜깜한 한밤중이었지만 택시 기사는 이유도 묻지 않고 곧바로 아랫개티로 향했다.

  은영이네 식구와 지도자 아저씨는 둥구나무 밑에서 택시를 기다렸다. 나와 다소니, 다소니 엄마가 함께 배웅했다. 택시가 도착하기 전까지는 꽤 긴 시간이 걸렸다. 은영이 식구가 어딘가를 가야 하는 모양인데 은영은 물론 은수 누나와 은영이 엄마도 눈물을 흘릴 뿐 말이 없었다. 은수 누나와 은영은 까만 허공 어딘가에 시선을 던져놓고는 이따금 눈물을 닦았다. 다소니도 나도 은영이 바라보고 있는 밤하늘을 올려다봤다. 까만 하늘엔 별들이 총총히 박혀 있었다. 저마다 반짝거렸지만, 마음 가는 별빛은 없었다. 은영이 눈 속에서 자꾸만 별똥별이 떨어졌다.

  얼마 후 도착한 택시는 곧바로 은영이 식구와 지도자 아저씨를 태우고 떠났다. 택시가 돌아나간 모퉁이가 온통 까맸다. 왠지 은영을 다시는 못 볼 것 같은 느낌이 들었다. 다소니 엄마는 택시가 떠나자 은영이 아빠가 돌아가셨다고 말했다. 다소니가 그 자리에 털썩 주저앉았다. 나도 눈앞이 깜깜했으나 버텼다. 간신히 집으로 돌아와 내 방에 들어와서야 주저앉았다. 또 그제야 눈물이 펑펑 쏟아졌다. 은영이 오래 남아있기를 바랐던 나 자신이 원망스러웠다.

이틀 후 저녁 늦게 지도자 아저씨가 돌아왔고 다시 이틀 후 은영이네 식구가 돌아왔다. 은영은 사랑채로 들어가더니 밖으로 나오지 않았다. 마치 동면에 들어간 곰 식구 같았다. 그때 나는 우리에게 봄은 절대 허락되지 않았다는 것을 알았다. 우리는 왕소나무가 쓰러진 이후 겨울도 봄도 아닌 어정쩡한 계절을 살고 있었던 거다. 은영이 식구가 동면에서 깨어나면 봄은 사라지고 곧바로 한여름으로 치닫게 될 것만 같았다. 그런데도 창밖의 달빛은 괜히 밝았다. 골목으로 나오자 다소니가 담장 위에 앉아있었다. 담장 위로 올라가 다소니 옆에 앉았다. 은영이 방 창문이 눈앞에 있었다. 그 창문에 유난히 밝은 달빛이 머물러 있었다. 다소니는 그림자놀이를 했다. 다소니가 두 손으로 어떤 모양을 만들어 달빛에 비추자 창문에 그림자가 비쳤다. 다소니는 토끼, 강아지, 우는 아이, 웃는 아이, 독수리 등의 그림자를 만들었다. 그림자가 말을 하듯 살아 움직였다. 박사에게 배운 솜씨라고 했다.

다소니는 자꾸만 자고 싶다고 했다. 그래서 잠들기 전에 어떻게든 은영을 웃게 해주고 싶다고 했다. 하지만 방 안에서는 아무런 반응도 없었다. 그런데도 다소니는 밤마다 그림자놀이를 했다. 다소니는 또 자꾸만 자고 싶다고 했다. 졸리면 자라고 하자 어떻게 그러냐고 했다. 잠자는 게 뭐가 어떠냐고 물었더니 이렇게 말했다.

"잠자는 사이에 은영이 떠나면?"

아! 탄식이 흘러나왔다. 힘들면 몇 날 며칠이고 자야만 하는 다소니의 마음이 어떨지 짐작됐다. 물론 나도 마음이 아팠으나 다소니에게 내 마음을 이야기하지는 않았다. 다소니 마음에 은영이 있다는 것을 확인했으니 나는 더 내 마음을 이야기할 수 없었다. 그 순간 담장 위에서 커다란 깨달음 하나를 얻었다. 상대의 마음을 알게 되면 내가 그 사람을 위해 배려해야 한다는 사실이었다. 다소니는 내 마음을 모르고 나는 다소니 마음을 알게 되었으니 내 감정은 숨겨야만 했다.

다소니의 그림자놀이는 나흘째 밤에 끝났다. 다섯째 날 아침에 굳게 닫혔던 사랑채 문이 열렸다. 은영과 은수 누나가 모습을 드러냈다. 작년 여름 검정 차에서 내렸던 그 모습 그대로 천사 자매가 사랑채에서 나왔다. 은영이 애써 웃으며 다소니와 눈을 맞췄다. 그림자놀이 잘 봤다고 했고, 고맙다고 했고, 잘 지내라고 했다. 그리고 이렇게 말했다.

"죽는 연습 그만하고, 이젠 자꾸만 자지 않았으면 좋겠어."

화들짝 놀랐다. 도대체 은영이 무슨 말을 하는 건가? 그렇다면 다소니가 혼절한 듯 몇 날 며칠 잤던 것이 죽는 연습이었다는 말인가? 은영이 또다시 말했다.

"죽지 않겠다고 약속해."

그러자 다소니는 아무렇지도 않게 고개를 끄덕였다. 그렇다면 나는 왜 그걸 몰랐던 거지? 기분이 아주 묘했다. 이 둘에겐 내가 모르는 어떤 이야기가 있었나 보다. 그러고 보니 밤 줍는 기간 동안 아지트엔 둘만 있었다.

그때 작은 트럭 한 대가 지금 이 분위기와 어울리지 않게 빵빵거리며 마당 안으로 들어섰다. 그러자 다소니는 은영에게 비행 날개를 보여주겠다며 달봉으로 뛰어 올라갔다. 내가 뒤늦게 헉헉거리며 달봉으로 뛰어 올라가자 개티오빠스파 아이들이 비행 날개를 들고 있었다. 다소니는 비행 날개의 정중앙으로 들어가더니 한 마리의 거대한 잠자리가 됐다. 바람이 비행 날개를 스쳤다. 대장과 기울배기, 몽상가는 오른쪽 날개를 꼬룡새와 헌신짝, 보자기는 왼쪽 날개를 떠받쳤다. 저 위치에서 아이들이 동시에 앞으로 달려나가 하늘에 띄우면 비행 날개는 하늘 높이 날아오를 것이다. 꼭 날아올라야만 했다. 왠지 그래야만 다소니를 계속 볼 수 있을 듯했다. 또한, 그래야만 죽지 않겠다는 은영과 다소니의 약속이 지켜질 것만 같았다.

다소니가 내게 빨리 내려가서 은영을 배웅하라고 했다. 나는 다시 마을로 뛰어 내려갔다. 내가 다소니 집에 도착했을 때 트럭에 모든 이삿짐이 실렸다. 은영이 나를 보자 다소니를 찾았다. 달봉 꼭대기를 가리키며 비행 날개가 날아오를 거라고 하자 은영이 눈물을 머금고 미소 지었다. 그때 날개가 감나무 위를 맴돌았다. 트럭이 출발하자 날개는 달봉으로 날아갔다.

트럭이 골목을 빠져나가 둥구나무 밑에 다다랐다. 하지만 달봉 하늘에선 비행 날개가 보이지 않았다. 트럭이 둥구나무를 지나 모퉁이 저쪽으로 사라졌는데도 비행 날개는 보이지 않았다. 그때 갑자기 문둥이가 어디선가 나타나 은수 누나에게 할 말이 있다며 트럭을 쫓아갔다. 그때 달봉에 있던 아이들이 뛰어 내려왔다. 대장과 다소니는 보이지 않았다. 비행 날개는 실패했다고 했다. 아! 그러면 잠자리소년은? 저절로 탄식이 흘러나왔다.

 우리는 추도러니 오솔길을 향해 달렸고 트럭은 덜컹덜컹 흙먼지를 일으키며 안산골 다리로 향했다. 순간 아이들은 한 줄로 서서 추도러니 오솔길로 접어들었다. 나는 맨 뒤에서 다소니를 찾았으나 보이지 않았다. 마을에서 추도러니 다리까지는 큰길과 추도러니 오솔길, 두 개의 길이 있었다. 큰길은 마을에서 안산골 다리까지 거의 직선으로 이어진 다음, 안산골 다리를 지나자마자 직각으로 꺾인 후 추도러니 다리까지 직선으로 이어졌다. 반면, 추도러니 오솔길은 둥구나무에서 추도러니 다리까지 거의 직선으로 이어진 지름길이었다. 낮은 고개를 넘어가는 밭길이었으나 거리상으로 그만큼 가까웠다. 아이들은 추도러니 오솔길에 들어서기만 하면 아무런 이유 없이 한 줄로 길게 줄 맞춰 기차처럼 달렸다. 마치 마법에라도 걸린 듯 자동으로 달렸다. 그렇게 마구 달려 쭉쭉 빠져나갔다. 그러니까 직선이라는 거리상의 가까움보다도 시간상으로는 훨씬 더 빠른 길이었다. 우리는 벌써 오솔길을 빠져나와 트럭을 앞섰다.

우리가 추도러니 다리 앞 길가에 서 있자 트럭이 다가와 우리 앞에 섰다. 그때 문둥이가 은수 누나에게 편지를 건넸다. 은영이 다소니는 어디 있냐고 다시 물었다. 내가 고개를 내젓자 은영이 눈에서 눈물이 새어 나왔다. 그것이 마지막이었다. 은영은 점차 멀어졌다. 언젠가 다소니는 박사에게 마음을 주고 싶은 아이를 만났다고 말했었다. 물론 은영을 두고 하는 말이었다. 그때 박사가 미소 지으며 물었다.

"그렇구나. 그렇다면 세상이 온통 찬란하겠구나?"

"잘 모르겠어요."

"아니, 네 눈을 보니 난 알 것 같구나. 사람은 누구나 언젠가 한 번은 꼭 반짝이는 사람을 만나지. 그 사람을 통해 새로운 세상을 보게 되는 거야. 보고 느끼고 말하고 생각하는 모든 것들이 다 반짝거리거든. 그러니까 찬란하게 반짝이는 사람을 만나거든 절대 놓치지 말아야 해. 그런 만남은 흔하지 않으니까 말이야."

박사는 잠시 말을 끊고 다소니의 눈을 바라봤다. 그런 다음 이렇게 말했다.

"네 눈빛도 아주 찬란하게 반짝인다는 것을 잊지 말아야 해.

그 눈빛 절대 변하면 안 되는 거야. 알겠지?"

 박사가 다소니에게 했던 말의 뜻을 이제야 조금은 알 것 같았다. 은영이 떠나가자 내 안에서 찬란하게 반짝이던 불빛이 자꾸만 꺼져가는 기분이었다. 점점 작아지던 트럭은 신작로로 올라서더니 작은 오빠스처럼 한 점이 되어 날아갔다. 우리가 돌아서서 미루나무 가로수 길을 지날 때 갑자기 여우비가 내렸다. 푸르르, 푸르르, 미루나무 이파리들이 비바람을 맞으며 울었다. 혹시나 하고 미루나무 꼭대기를 올려다봤다. 다소니가 있었지만, 모른 척했다. 다소니는 오랫동안 미루나무 꼭대기에서 내려오지 않았다. 푸르르, 푸르르 이파리들도 오랫동안 울었다.

19

 1980년 봄, 왕소나무가 쓰러지고 산불이 나고 우리에게 봄은 없었다. 그러고도 5월, 은영이 떠나가고 우리는 깊이를 알 수 없는 수렁에 빠졌다. 그 수렁은 까닭 없는 슬픔과 까닭 없는 울분과 까닭 없는 짓눌림이었다. 지난겨울 아가씨를 구출한 이후 우리는 아무것도 하지 않았다. 정월 대보름날 오곡밥과 나물을 얻어 커다란 바가지에 넣고 비벼 먹는 일도, 쥐불놀이도 하지 않았다. 더덕이나 잔대, 도라지도 캐지 않았다. 찔레 순도 따먹지 않았고, 고동도 잡지 않았으며, 호드기를 만들어 불지도 않았다. 서리도 하지 않았고 연애편지도 배달하지 않았다.

은영이 떠나고 봄이 끝나가던 5월 어느 날, 대장의 늙은 아버지는 갑자기 고향에 가겠다며 나들이했다가 그냥 돌아왔다. 아버지와 동행했던 대장은 이상한 소리를 했다. 고향 마을로 가는 길목 곳곳에서 총을 든 군인들이 길을 가로막았다고 했다. 조부모님 산소는커녕 고향 마을도 보지 못하고 그냥 돌아왔다며 아마도 전쟁이 난 거 같다고 했다.

그러나 마을 어른들은 태평했다. 텔레비전도 라디오도 조용했다. 문둥이는 아무 일도 없다고 했으나 내 생각은 달랐다. 우리는 봄을 도둑맞았다. 전쟁이 났다는 말보다 대장과 다소니와 문둥이가 아무것도 하지 않는 것이 더 무서웠다. 다소니는 얼굴조차도 보기 힘들었다. 또 대장의 늙은 아버지가 자리에 눕더니 보름이 넘게 거동을 못 했다. 그러자 대장도 집 밖으로 나오지 않았다. 부하들이 대장을 찾아갔다. 늙은 아버지의 기침 소리는 마치 피를 토할 것처럼 거칠었다. 그러다가 기침 소리마저 기어들어 가더니 숨소리가 자꾸만 덜컥거리며 끊겼다.

 봄은 왕소나무처럼 까맣게 타버리고, 곧 여름이었다. 유월이 되자 밤꽃 냄새가 여기저기 골짜기마다 가득 메웠다. 냄새가 그 어느 때보다 지독했다. 어느 날 새벽녘에 소나기가 내렸다가 그쳤다. 밤나무 가지마다 꽃자루가 비 맞은 옥수수염처럼 축축 늘어졌다. 햇살이 비추자 비에 젖은 꽃자루는 더 짙은 냄새를 내뿜었다. 밤꽃 냄새는 온 마을을 에두르며 휘감고도 우리 머릿속까지 멍하게 만들었다. 아침 일찍 대장을 찾아갔다. 대장은 마루에 걸터앉아 멀리 앞산 마루에서 비안개가 꼬리를 자르며 승천하는 것을 지켜봤다. 곧이어 비안개가 사라지고 햇살이 마당 안에 가득 찼다. 돌연 대장의 늙은 아버지가 자리를 털고 일어나더니 대장을 찾았다. 그러고는 느닷없이 무당 산소에 가자고 했다.

 대장 아버지가 갑자기 무당 산소를 찾다니 뭔가 이상했다. 하지만 대장은 놀라지 않았다. 대장은 어느새 아버지의 거동을 도왔다. 대장 아버지는 지팡이를 잡고 무거운 발걸음을 옮겼다. 그러나 몇 발짝 못 가고는 집 앞에 있는 호두나무 그루터기 위에 주저앉더니 대장에게 업으라고 했다. 대장은 아버지를 단숨에 업었다. 등에 업힌 대장의 늙은 아버지는 허수아비처럼 가벼워 보였다. 여전히 거친 숨을 몰아쉬었다. 순간 대장의 두 눈에서 눈물이 뚝뚝 떨어졌다. 우는 대장의 모습은 처음 보는 것이라서 다소 놀랐다. 얼마 후 대장 아버지와 대장은 죽은 무당 산소 앞에 나란히 앉았다. 대장 아버지가 왜 죽은 무당 산소에 왔는지 도무지 알 수 없었으나 대장은 뭔가 알고 있는 듯 아무것도 묻지 않았다. 잠시 후 대장 아버지는 주머니에서 먹다 남은 술병을 꺼내더니 무당에게 주라며 대장에게 건넸다.

도대체가 언제 먹다 남은 소주인지 술병이 누렇게 변해 있었다. 대장이 이게 도대체 뭐냐며 투덜거리더니 내려가서 술을 얻어 오겠다며 마을로 내려가려고 했다. 대장을 말리며 내가 다녀오겠다고 하자 이번엔 대장 아버지가 대장과 나를 말렸다. 대장 아버지는 거친 기침을 내뱉으며 둘 다 그냥 있으라고 했다. 소주는 무당이 마시던 거라고 했다. 그러자 대장은 뭔가를 생각하는 것 같더니 아버지에게 물었다.

"그러면 십 년도 더 된 거잖아요?"

대장 아버지는 벌써 그렇게 됐냐며 고개를 끄덕였다. 그렇다면 대장도 무당이 누군지 알고 있다는 얘기였다. 대장은 알코올 냄새조차 사라지고 없는 맹물 소주를 산소에 부었다. 그 모습을 보고 있자니 설마 싶었다. 그때 대장 아버지가 주머니에서 낡은 가족사진 한 장을 꺼내더니 대장에게 말했다.

"너도 알고 있었지? 이 무당이 네 어머니여."

깜짝 놀라 대장을 바라봤으나 대장은 태연하게 고개를 끄덕였다. 그제야 우리가 처음 무당집을 찾아갔을 때 동굴 앞에서 얼음기둥처럼 서 있었던 대장의 모습을 이해할 수 있었다. 그때 대장은 도망가지 않았다. 그 까닭은 알 수 없으나 아마도 무당이 엄마라는 걸 직감했었던 모양이었다. 그때 대장은 보름이 넘게 집 안에서 누워만 있었다. 또 자리를 떨고 일어나서는 곧바로 무당집을 우리의 아지트로 만들었다. 그렇다면 그동안 대장이 이곳 산소에도 수없이 왔었을 텐데 우리가 미처 알아차리지 못했던 거였다.

대장이 엄마에게 큰절을 올리자 거친 숨을 몰아쉬던 대장 아버지가 마치 기력을 되찾기라도 한 것처럼 또렷하게 말했다.

"혹시나 해서 이 마을로 찾아왔는데. 벌써 저렇게 가버렸구나."

대장은 아버지를 쳐다봤을 뿐 아무런 말이 없었다.

"끝내 연락도 없이. 자기 자식에게 미안하지도 않았나. 에이! 몹쓸 사람."

그제야 대장이 한마디 했다.

"아버지! 그만 해요."

"그래, 그러자. 네 어머니가 무슨 잘못이겠냐. 다 내 잘못이지. 무당 팔자가 자식과 함께 살 팔자가 아니라고 했지. 그랬어도 함께 살았어야 했는데 말이야. 함께 살면 네놈이 죽는다니까."

대장 아버지는 잠시 말을 끊고 한숨을 내쉬었다. 잠시 후 작은 목소리로 다시 말을 이었는데 몹시 힘들어 보였다.

"네 어머니가 널 떠나던 날 말이야. 네 어머니도 어미 따오기처럼 꺽꺽 울었어. 네놈이 죽는다니까 어쩔 수 없었던 거지. 영영 다시 볼 수 없다면서 할미 무당이 네 어머니를 데려갔던 거야."

대장의 눈에서 또다시 눈물이 흘러내렸다. 대장은 그 눈물을 아버지에게는 보이지 않았다. 대장 아버지가 또 말했다.

"멀리 보아야 한다."

"도대체 그 말이 뭔 뜻이에요?"

"네 어머니가 한 말이여."

대장 아버지는 두어 번 기침하더니 대장의 어깨에 기대어 조용히 잠들었다. 축축 늘어진 밤 꽃자루도 밤꽃 냄새도 바람도 풀잎도 곤충도 모두 조용히 잠들었다. 대장이 아버지에게 물었다.

"그런데 나는 왜 몬돌이요?"

대장 아버지는 대답하지 않았다. 대장이 다시 물었다.

"난 이제 어찌 살아요?"

대장이 어찌 살아야 하냐고 묻다니, 나는 그제야 대장도 어른이 아니란 것을 알 수 있었다. 우리보다 서너 살 많은 것뿐이었다. 그러나 대장의 아버지는 어떤 대답도 없었다.

대장 아버지가 무당 산소 앞에서 영원히 잠들자 마을 사람들은 죽은 무당과 합장해서 부부장을 해줬다. 이번만큼은 대장도 마을 어른들의 말을 따랐다. 죽은 무당이 엄마라고 고백하자 마을의 최고 어른인 안산할아버지가 합장해 주라고 했다. 또 안산할아버지는 모든 장례비용을 책임지겠다고 했다. 마을 사람들은 안산할아버지가 하자는 대로 했다. 알고 보니 안산할아버지가 대장 부자를 우리 마을에 받아줬다고 했다. 두 부자가 먹고살 수 있도록 대장에게 일거리를 제공하고 품값을 준 것도 안산할아버지였다. 대장은 때때로 안산할아버지네 밭과 산에서 일했었다. 어쩌면 안산할아버지는 대장과 무당 엄마의 관계를 처음부터 알고 있었는지도 모른다.

빈소는 마을회관에 마련됐고 대장은 한쪽 구석에서 홀로 빈소를 지켰다. 마을 사람들이 친인척에게 연락하라고 했지만, 대장은 연락하지 않았다. 고향 마을에 전쟁이 나서 죽은 사람이 많다며 올 사람이 없다고 했다. 어쩌면 대장이 마을 사람들에게 처음으로 진지하게 말한 것이었다. 그러나 마을 사람들은 아무도 그게 무슨 말이냐고 되묻지 않았다. 다만, 뒤에서 수군댔다. 자기 아버지가 죽자 정신을 잃고 허튼소리를 한다고 했다.

은영이 떠난 이후 다소니가 처음으로 우리 앞에 나타났다. 하지만 우리와는 인사도 나누지 않은 채 마을회관 앞에 있는 둥구나무에 올라가더니 내려오지 않았다. 아이들은 그런 대장과 다소니를 지켜봤다. 장례 첫째 날 밤이었다. 나와 헌신짝, 문둥이가 대장 곁에서 빈소를 지켰다. 둘째 날은 다른 아이들도 모두 찾아와 대장 곁을 떠나지 않았다. 우리는 학교에도 가지 않았다. 어른들에게 꾸중을 들었는데도 누구 하나 자리에서 일어나지 않았다. 우리의 각오가 단호 하자 문둥이 아버지와 헌신짝 아버지가 회초리를 들었다. 그러자 안산할아버지가 두 아버지에게 한마디 했다.

"그냥 둬. 아이들이라고 왜 마음이 없겠어."

우리는 마음이 아팠다. 대장이 눈물을 내비쳤다. 대장도 부하들도 모두가 침묵했음에도 서로의 마음은 잘 알고 있었다. 기록하기 위해 대장에게 물었다. 죽은 무당이 엄마라는 것을 어떻게 알았냐고 묻자, 무당 옷을 입은 엄마를 어렴풋이 기억했다고 했다. 또 대장 아버지가 산소 앞에서 꺼냈던 가족사진은 죽은 무당 품에서 떨어져 나온 사진이라고 했다. 우리가 처음 무당집에 갔을 때 우리 부하들이 모두 도망쳐 내려오고 나서 대장이 무당 옷을 들치자 사진이 나왔다고 했다.

장례가 끝나자 대장은 부모님 산소에 혼자 있겠다고 했다. 그리고 그 이후 보이지 않았다. 떠날 때를 미리 준비라도 한 듯 갑자기 연기처럼 사라졌다. 아무도 모르게 홀연히 사라졌는데, 우리는 일주일이 지나고 나서야 이젠 우리에게 대장이 없다는 사실을 인정했다. 울고 싶은 우리의 마음을 알기라도 하듯 곧바로 장마가 시작됐다. 우리가 처음 무당집을 찾아갔던 날처럼 수상한 바람이 온종일 불더니 비가 여러 날 계속 내렸다.

나중에 알았는데 다소니는 대장이 떠나는 것을 지켜봤다. 그러나 떠나는 대장 앞에 나타나지도 잡지도 않았다. 둥구나무 위에서 떠나가는 대장을 소리 없이 배웅했다. 대장이 떠날 것을 미리 예감하고 둥구나무에 올라갔었는지도 모른다. 그렇게 대장을 배웅하고는 아마도 오랫동안 잠을 잤을 거다. 마음이 몹시 아팠을 테니까. 나는 둘이 분명히 뭔가를 약속했다고 생각했으나 다소니는 끝내 어떤 말도 하지 않았다. 우리는 대장을 찾아가고 싶었지만, 방법을 알지 못했다. 어디로 갔는지조차도 알지 못했다. 우리는 그제야 우리가 아직 어리다는 걸 비로소 인정했다. 그동안 어쩌면 우리가 어른 흉내를 냈던 것인지도 몰랐다.

그러던 어느 날 우리 곁에 다소니가 없다는 사실을 알고 깜짝 놀랐다. 언젠가부터 보이지 않았다. 그러다가 간신히 다소니를 만나 대장이 사라진 것을 어떻게 기록하면 좋겠냐고 물었더니 이렇게 말했다.

"우리가 잃어버린 거야."

무엇을 잃어버린 거냐고 묻자, 다소니는 무엇이든 잃어버렸다고 했다. 그 이후 다소니는 한동안 보이지 않았다. 우리는 그렇게 뭔가 잃어버린 시간을 보냈다. 대장과 다소니가 보이지 않아서 그런지 나도 모르게 뭔가 초조했다. 다른 아이들도 마찬가지였다. 장마가 끝나고 뜨거운 여름이었다. 내가 여름이라고 말하자 아이들은 저마다 이렇게 중얼거렸다. 뭐라고? 여름! 벌써, 그래서, 어쩌자고? 그러게, 우리는 이제 뭘 하지?

대장이 떠나간 이후 우리는 한동안 단체로 멍청이가 됐다. 괜히 자꾸만 앉아있는 시간이 많다 보니 바보가 됐다. 그 원인은 그리움이기도 하고 서러움이기도 하고 분노이기도 했다. 먹는 것도 자는 것도 학교에 오가는 것도, 어느 것 하나 신나는 일이 없었고 그저 막막하기만 했다. 우리는 학교 운동장 한 구석에 모여 앉아 다른 아이들의 노는 모습을 멍하니 바라만 봤다. 간혹 서로의 얼굴을 바라보다가 우리가 모두 울고 싶은 마음이라는 것을 확인할 뿐이었다. 전쟁터에서 대장을 잃은 부하들이 전진도 후퇴도 할 수 없는 상황에 빠진 것이었다. 결국, 서로의 얼굴을 보지 말자고 했다. 서로의 얼굴을 보고 있으면 왠지 자꾸만 눈물이 났으니까! 대장이 있었을 땐 세상에 무서운 것이 없었지만, 지금은 무엇 하나 스스로 결정해서 해결할 수 없었다. 전략가 문둥이도 기운을 내지 못했는데 생각해 보면 가장 힘든 것은 문둥이였다. 신념이 강했던 만큼 대장이 떠나간 빈자리가 큰 모양이었다.

우리는 가끔 아지트를 찾아갔을 뿐, 그곳에선 어떤 일도 하지 않았다. 다소니의 부서진 비행 날개만 아지트를 지키며 우리를 배웅하고 마중했다. 몽상가는 어떻게든 개티오빠스파를 추슬러보려고 했다. 그래서 이것저것 서리를 시도했지만, 어떤 일을 해도 신이 나지 않자 포기했다. 여전히 어울려 다니기는 했으나 그림자처럼 지냈다. 이제 다소니는 집으로 찾아가도 볼 수가 없었다.

20

그러던 어느 날 보자기가 먼저 그림자 무리에서 걸어 나가더니 다른 아이들이 노는 것을 따라 했다. 그렇게 하나둘 그림자 무리에서 걸어 나갔고 한동안 다른 아이들을 흉내 내며 지냈다. 하지만 결국은 흉내 내는 그림자가 됐을 뿐이었다. 어떻게 된 일인지 다른 아이들과는 함께 어울려 놀지 못했다. 노는 방법도 생각하는 것도 아주 다르다는 것을 매번 확인할 뿐이었다. 그런 어리바리하고 어수룩한 일상이 결국엔 사건을 만들어 내고 말았다.

일명, 꼬롱새 담임선생님 폭행 사건이 터졌다. 6학년이 됐어도 담임선생님은 바뀌지 않고 웃는 몽둥이였다. 반 아이들은 모두 지지리도 운이 없다며 한숨지었으나 개티오빠스파 아이들은 별로 마음 쓰지 않았다. 그러다가 소나기가 내린 어느 여름날 꼬롱새가 울분을 토했다. 꼬롱새의 산수 시험점수가 빵점이었는데, 60점 아래 5점에 한 대씩 모두 12대를 맞아야만 했다. 우리는 빵점이라는 점수를 이해할 수 있었다. 꼬롱새는 아마도 시험을 보고 싶지 않았을 거다. 사실 우리는 모두 같은 마음이었지만, 담임선생님이 우리 사정을 알아줄 리 없었다. 꼬롱새는 침착하게 말했다. 그럴만한 일이 있었으니 한 번만 모른 척해달라고 정중히 부탁했다. 담임선생님은 꼬롱새의 눈빛을 알아봤어야 했으나 꼬롱새의 부탁을 귀담아듣지 않았다.

꼬롱새의 엉덩이에서 여섯 번째 불이 번쩍했을 때였다. 꼬롱새가 갑자기 담임선생님의 몽둥이를 빼앗았다. 다른 아이들은 물론 개티오빠스파 아이들도 당황스러웠다. 누구보다 담임선생님이 더 당황스러운 표정이었다. 하지만 꼬롱새는 당황하지 않고 거침없이 끝을 보고야 말았다.

"선생님도 맞아 봐요."

"이놈이 무슨 짓이야!"

"선생님도 맞아보라고요."

꼬룡새는 담임선생님의 종아리를 마구 때렸다. 담임선생님은 황당했는지 어이없다는 듯 허탈하게 웃을 뿐이었다. 쌀 한 자루를 번쩍 들어 올리는 꼬룡새의 힘이 장난 아니었기 때문에 아프기도 했을 거다. 그때 반장 몽상가가 자리에서 벌떡 일어나 꼬룡새를 불렀으나 멈추지 않았다. 개티오빠스파 아이들이 모두 자리에서 일어나 꼬룡새를 부르자 그제야 멈췄다. 그때 문둥이가 갑자기 구호를 외쳤다.

"개티오빠스파는 끝까지 함께 한다."
"끝까지 함께 한다."

개티오빠스파 아이들이 구호를 제창하자마자 꼬룡새가 울음을 터트렸다. 결국, 우리는 모두 다 함께 울었다. 반장은 물론 공부 잘하는 문둥이까지 나서자 당황한 담임선생님은 교실에서 나가버렸다. 우리는 꼬룡새가 왜 갑자기 담임선생님을 때렸는지 말하지 않아도 알만했다. 우리는 단지 대장이 너무 보고 싶었고 울고 싶었다. 꼬룡새가 우리에게 울 기회를 만들어줬던 거다. 우리는 아주 오랫동안 신나게 울었다. 다른 아이들은 울지도 웃지도 못하고 그냥 멍하니 우리를 바라만 봤다.

이튿날 우리는 아주 놀라운 사실을 발견했다. 담임선생님의 손에서 몽둥이가 사라졌다. 반 아이들은 환호했다. 우리가 왜 울었는지 다른 아이들은 물론 선생님도 몰랐을 테니까 그럴 수 있었다. 우리도 굳이 말하지 않았다. 덕분에 꼬룡새 담임선생님 폭행 사건은 전설이 됐다. 의도하지 않았으나 일이 이렇게 되자 꼬룡새는 이 일을 아주 자랑스럽게 여겼다. 사실 꼬룡새가 아니면 누구도 할 수 없는 일이었다.

꼬룡새 담임선생님 폭행 사건이 일어난 이후, 우리는 실컷 울고 나서 어느 정도 기운을 차렸고 또 그럭저럭 지냈다. 그러던 어느 날 이른 아침, 잠결에 믿기 어려운 소식을 듣게 됐다. 이장 아저씨의 안내방송이 스피커를 타고 온 마을에 메아리쳤다. 부고 소식이었다.

'시나무니에 사는 이장수 씨가 지난 새벽에 별세했습니다.'

이부자리에서 벌떡 일어나 앉았다. 이장수는 두꺼비아저씨의 이름이었다. 잠이 확 달아나더니 금세 머릿속이 멍해졌다. 까닭 없이 개티오빠스파 아이들 얼굴이 한 명 한 명 떠올랐다. 지난봄에 병원에 입원했던 두꺼비아저씨는 끝내 죽음을 맞이했다. 끝을 봐야 끝날 것 같다고 말했던 문둥이의 말이 맞았다. 나는 이것이 우리의 마지막 기록이 될지도 모르겠다고 생각했다.

학교에 가다가 문득, 두꺼비아저씨의 죽음을 다소니에게 알려야 할 것만 같았다. 대장은 어디에 있는지 알 수 없었으나 다소니는 소랭이 마을에서 박사와 지냈다. 소랭이 마을로 달려가 소식을 전하자 다소니는 집 앞에 있는 호두나무에 올라갔다. 그것이 전부였다. 사실 우리 같은 아이들이 할 수 있는 일은 아무것도 없었다. 왠지 나무에 올라간 다소니의 마음을 이해할 수 있었다.

이튿날 오후, 수업을 마치고 시나무니 마을 앞을 지나는데 인범과 본웅이 길을 막아섰다. 성수 형이 보자고 했단다. 그때 뒤에서 누군가가 우리를 불렀다. 너희들이 개티오빠스파냐고 물었다. 우리가 동시에 돌아서자 상복을 입은 성수 형이 우리를 쳐다봤다.

"너희들 맞지? 개티오빠스파!"

우리는 심장이 두근거리기 시작했다. 그때 문둥이가 성수 형 앞에 나서더니 그렇다고 했다. 성수 형은 우리를 하나하나 둘러보더니 이렇게 말했다.

"너희들이 문상을 와주면 좋겠어. 아버지가 그걸 원하셨으니까."

우리는 어안이 벙벙했다. 우리가 어떤 대꾸도 하지 않고 그냥 서 있자 또 이렇게 말했다.

"아버지가 전해달라는 말도 있으니까, 지금 바로 문상해 주면 좋겠어."

성수 형은 이렇게만 말하고 집으로 들어갔다. 우리는 잠시 그 뒷모습을 바라만 봤다. 문둥이 표정을 살피니 꽤 복잡한 심경인 듯했다. 그때 몽상가가 일단 문상하는 게 좋겠다고 했다. 문둥이도 그러자고 했다.

 성수 형이 우리를 친절하게 맞아줬다. 우리는 영정 앞에서 무릎 꿇고 앉아 기도했다. 아저씨와 관련된 사건들이 하나둘 떠올랐다. 자꾸만 눈물이 새어 나오려고 했다. 다른 아이들도 눈물을 애써 참는지 눈시울이 붉었다. 마음이 아주 복잡했다. 단순히 아저씨에게 미안한 마음만 있는 건 아니었다.

 우리가 숙였던 고개를 들자 성수 형이 너희가 전부냐고 물었다. 몽상가가 세 명이 빠졌는데 두 명은 떠나갔고 한 명은 소랭이 마을에 있다고 했다. 성수 형은 고개를 끄덕이더니 너희들이 그랬냐고 단도직입적으로 물었다. 아가씨가 도망간 일을 묻는 것이었다. 누구도 대답하지 않자 성수 형은 혼내려는 게 아니라 그저 궁금해서 묻는다고 했다. 그러자 문둥이가 그것은 당사자와 비밀 약속을 했기 때문에 말해 줄 수가 없다고 했다. 다만, 우리가 개입한 건 사실이라고 고백했다. 성수 형은 고개를 끄덕이더니, 놀랍게도 이렇게 말했다.

"아버지가 너희들에게 고맙다고 하셨어."

 뜻밖의 말이었다. 문둥이가 무슨 뜻이냐고 물었다.

"욕심을 부렸다고 하셨어. 그것을 너희들 덕분에 깨달았다고 하셨지."

우리가 어떤 대꾸도 하지 못하자 또 이렇게 말했다.

"너희들이 좋은 일을 한 거라고 말씀하셨어."

두꺼비아저씨가 정말 그렇게 말했을까? 그때 헌신짝이 물었다.

"그런데 왜 왕소나무를 벤 거죠?"

"그땐 너무 화가 나서 그랬다고 하셨어. 왕소나무는 물론 너희에게도 진심으로 미안하다고 하셨지."

뭐라 대꾸할 말이 없었다. 우리가 꿀 먹은 벙어리처럼 가만히 있자 성수 형이 덩치 작은 아이가 누구냐고 물었다. 보자기가 소랭이 마을에 있다고 대답하자 이렇게 말했다.

"머리카락 자른 것을 알아봤다고 하셨어."

역시 우리는 대꾸할 말이 없었다. 그러자 성수 형이 문상을 와줘서 고맙다고 말하더니, 뜻밖에도 닭장에서 닭 여덟 마리를 가져가라고 했다. 보자기가 일곱 마리라고 말하자 한 마리는 이자라고 했다. 아버지도 좋아할 거라고 했다.

문상을 마치고 우리는 닭 한 마리씩 가슴에 안고 개티로 향했다. 꼬룡새는 다소니 목까지 두 마리 챙겼다. 개바위를 지날 때 문둥이가 의외의 말을 내뱉었다.

"우리가 진 거야?"

보자기가 무슨 뜻이냐고 물었다.

"아저씨가 우리에게 선물하신 거야."

문둥이는 두꺼비아저씨라고 하지 않고 분명히 아저씨라고 했다. 이번엔 기울배기가 무슨 뜻이냐고 물었다.

"우리가 서로 모른 척하고 있는 거, 복잡한 감정 말이야. 우리가 이럴 줄 아셨나 봐. 그래서 우리에게 마지막으로 선물을 남기신 것 같아."

우리는 그 순간 무거웠던 마음이 가벼워지는 느낌이었다. 그러다가 미루나무 가로수 길을 지날 때, 헌신짝이 갑자기 대장이 보고 싶다고 말하자 모두가 울음을 터트렸다. 우리는 문상하면서 참았던 눈물을 그제야 쏟아냈다. 그냥 대장이 보고 싶었다. 내가 울음을 참기 위해 고개를 들었을 때 미루나무 꼭대기에 다소니가 있었다. 이번에도 모른 척 그냥 지나쳤다. 다소니는 나무 꼭대기에서 아저씨와 이별한 것 같았다.

이튿날 놀라운 소문이 돌았다. 새벽녘에 대장이 문상을 다녀갔다는 소문이었다. 하지만 대장을 봤다는 사람은 아무도 없었다. 나는 당장에 대장 부모님 산소로 달려갔다. 하지만 대장이 다녀간 흔적은 없었다. 어쩌면 몽상가가 일부러 헛소문을 냈을지도 몰랐다. 개티오빠스파를 다시 일으켜 세우려고 그런 소문을 낸 것 같았다. 하지만 소문대로 대장이 문상을 왔고 다소니와 대장이 만났을지도 모르는 일이었다. 그렇게 시간은 흘렀고 몽상가의 기대에도 불구하고 개티오빠스파는 다시 일어나지 않았다. 아지트도 서서히 잊혀갔다.

어느덧 중학교 졸업반이었다. 몇 년째 대장은 물론 다소니도 보지 못했다. 가끔 은영을 떠올렸으나 은영이 역시 아무런 연락이 없었다. 문둥이에게 묻자 은수 누나에게서도 연락이 없었는지 쓴웃음을 지을 뿐이었다. 그러다가 중학교를 졸업한 우리는 고등학교에 진학하면서 모두 도시로 나가야 했다. 외지로 떠나기 하루 전날, 마지막으로 아지트에 모였다. 그때 다소니의 비행 날개가 사라지고 없었다. 그렇다면 다소니가 소랭이 마을에서도 떠난 모양이었다.

21

우리는 각자 나름대로 열심히 살았다. 나름은 착실하게 중학교를 졸업했고 또 나름은 성실하게 고등학교를 졸업했다. 1987년 봄, 누구보다 열심히 공부했던 문둥이는 서울대학교 법학과에 다녔다. 지방 대학에 다니던 나와 보자기는 문둥이를 만나려고 서울로 상경했다. 문둥이가 말하기를, 서울대학교 후문 앞으로 오면 눈에 익은 술집이 있을 거라고 했다. 우리는 이제 술을 마실 만큼 컸던 거다. 우리는 한눈에 알아볼 수 있었다. 술집 간판이 오빠스였다.

보자기와 내가 가게 안으로 들어섰을 때 문둥이가 앞치마를 두른 누군가와 함께 있었다. 인사를 나누고 보니 놀랍게도 원기 형이었다. 원기 형과 아가씨가 함께 술집을 운영했던 거다. 원기 형과 아가씨가 잘살고 있다는 걸 알려주기 위해서 나를 부른 거였다. 필요하다면 기록하라고 했다.

그렇게 회포를 풀고 난 후 원기형은 맛난 요리를 만들어 주겠다며 주방으로 갔다. 그리고 보자기가 문둥이에게 개천, 아니 개티에서 용 났다는 이야기를 막 꺼냈을 때였다. 별안간 웬 남자가 문둥이 옆에 있는 의자에 털썩 앉더니 소주잔을 내려놓았다. 또 남자는 이내 점퍼를 벗어 의자 밑에 숨기듯 집어넣고는 문둥이가 의자 등받이에 걸쳐놓은 점퍼를 순식간에 입었다. 이 몇 개의 동작은 거의 동시에 이루어졌을 만큼 절묘하고 빨랐다. 그러면서도 남자는 서두르거나 허둥대지 않고 의연했다. 우리 셋은 그냥 멍하니 남자를 쳐다볼 뿐 아무 말도 못 했다. 짧은 시간 동안 내가 가까스로 파악한 것은 남자가 우리보다 서너 살 더 많아 보인다는 것뿐이었다. 보자기가 뭔가 말하고 싶은 눈치였으나 기회를 잡지 못한 것 같았다. 그만큼 남자의 동작은 순식간에 이루어졌다. 남자가 먼저 말했다.

"나 좀 도와주시게. 오늘 술값은 내가 낼 테니!"

우리가 말을 잃고 멍하니 바라보자 남자는 힐끗 밖을 살폈다. 그런 다음 벌써 술에 취한 사람처럼 표정을 짓더니 한 잔씩 마시자며 건배를 외쳤다. 연기력이 마치 보자기처럼 자연스러웠다. 연기하면 보자기였고 눈치 하면 역시 보자기였다. 보자기는 자기 적성을 찾았다. 연극 배우 지망생으로 여기저기 극단을 찾아다니고 있었다. 그런 보자기가 갑자기 형이라고 했다.

"그래, 형! 그동안 우리가 너무 적적했어. 자 마셔, 마셔!"

 보자기와 남자의 연기력이 얼마나 자연스럽던지 나와 문둥이도 자연스럽게 소주잔을 들었다. 그때 밖에서 검은 양복을 입은 사내가 안으로 들어오더니 술집 안을 횡허케 둘러보고는 바쁘게 나갔다. 그는 밖에서 머뭇거리던 사내들과 함께 어디론가 급하게 달려갔다. 그때까지도 보자기와 남자는 연기에 취했는지 소주에 취했는지 분위기 좋게 웃었다. 밖을 살피던 나는 남자를 정면에서 바라봤다. 돌연 남자의 눈빛이 강렬하게 빛났다. 남자가 다시 밖을 살폈다.

 밖을 내다보던 남자가 그제야 안심한 듯 호흡을 가다듬었다. 남자는 이내 미소를 지으며 고맙다고 했다. 남자의 강렬한 눈빛은 온데간데없이 사라지고 어느새 한없이 순한 눈빛이었다. 그 순간 문둥이의 표정이 돌변했다. 남자에게서 뭔가를 봤는지 남자를 계속 주시했다. 사실은 나도 아까부터 남자에게

서 뭔가를 봤다. 하지만 조명 때문인지 확신할 수는 없었다. 남자는 의자 밑에 숨겼던 점퍼를 집어 들었다. 주머니에서 지갑과 몇 가지 소지품을 꺼내더니 자기 점퍼를 문둥이에게 내밀며 말했다. 이 점퍼와 자네 점퍼를 바꾸지? 보기엔 이래도 이게 꽤 괜찮은 거야. 문둥이는 점퍼 따위는 상관없다는 듯이 고개를 끄덕이며 여전히 남자의 얼굴을 바라봤다. 남자는 지갑에서 만 원짜리 지폐 여러 장을 꺼내 탁자 위에 올려놓으며 술값과 옷값이라고 했다. 그리고 도와줘서 고맙다고 말하고는 이내 밖으로 나갔다. 남자가 나가자 보자기가 문둥이에게 너무 닮았다고 말했다.

보자기도 뭔가를 본 모양이었다. 문둥이와 나는 밖으로 다급하게 달려 나갔다. 문둥이가 '잠깐만요!'하고 남자를 불러 세웠다. 남자가 뒤돌아서더니 주머니에 손을 넣으며 미안하다고 했다. 남자는 입고 있는 점퍼 주머니에서 문둥이의 소지품들을 꺼내 들고는 우리에게 다가왔다. 남자는 백칠십 센티미터쯤으로 보이는 단신이었다. 그러나 몸매는 매우 다부졌다. 우리보다 키 작은 대장을 단 한 번도 상상해 보지 않았지만, 당당하면서도 부드러운 미소는 금세 알아볼 수 있었다. 대장은 역시 대장이었다. 그렇게 기다렸던 대장이 돌아왔다. 그때 원기형과 보자기가 밖으로 뛰어나왔다. 보자기가 다가오는 남자를 바라보며, 맞느냐고 우리에게 동의를 구했다. 우리가 그렇다고 하자 보자기가 확신하고는 그 이름을 불렀다. 몬돌대장 맞지?

남자가 이 미터쯤 앞에서 멈춰 섰다. 우리 네 사람은 그렇게 마주했다. 대장이 우리를 알아보고는 환하게 웃으며 보자기, 문둥이, 수집가라고 불렀다. 그때 골목 저편에서 양복 입은 사내들의 그림자가 이쪽으로 다가왔다. 순간 대장은 문둥이의 소지품을 다시 주머니에 집어넣고는 어디론가 사라졌다. 그 뒤로 검은 그림자가 친근하게 따라갔다. 누군가 대장을 뒤쫓고 있었다. 대장은 여태껏 대장 놀이를 끝내지 않았는지 여전히 뛰어다녔다.

이튿날 보자기는 오디션이 있다며 지방으로 내려갔고 나는 문둥이를 따라 학교로 갔다. 우리는 이틀째 교내 여기저기에서 두리번거렸다. 문둥이 점퍼에 학생증이 있었으므로 대장이 찾아올 거라고 확신했다. 하지만 대장은 오지 않았다. 그런데 뜻밖에 은영을 만났다. 문둥이가 입학하고 한 달쯤 지났을 때 누군가 뒤에서 문둥이를 불렀다고 했다. 문둥이가 돌아서자 눈앞에 은영이 있었다고 했다. 은영은 문둥이와 같은 학교 신문방송학과 일 년 선배였다. 검정고시를 통해 우리보다 빨리 입학했다고 했다. 나도 지방에서 신문방송학과에 다니고 있어 괜히 기분이 들떴다. 그런데 문둥이는 왜 은영을 만난 지 벌써 달포가 지났음에도 우리에게 연락하지 않았는지 궁금했다. 문둥이는 만나면 이야기하려 했었다며 얼버무렸다.

사실 문둥이는 고등학교에 진학한 이후 공부에만 전념했기 때문에 자주 만날 수 없었다. 문둥이가 연락하지 않은 것도 어느 정도 이해할 수 있었으나 왠지 서운했다. 문둥이와 은수 누나 사이에 무슨 일이 있었는지도 모른다. 하지만 은수 누나 이야기는 문둥이가 먼저 말할 때까지 기다려야 할 것 같았다. 은영에게 은수 누나의 안부를 묻자, 소설가로 등단했다고 했다. 그런데 은수 누나가 내 기록을 보고 싶어 한다고 했다. 그렇지, 기록! 내게 기록이 있었지. 대장 부모님 무덤 속에!

거의 칠 년 만인데도 은영은 여전히 반짝거렸다. 하지만 천사 같았던 예전과는 전혀 달랐다. 마치 전사 같았다. 생머리를 뒤로 묶고 모자를 눌러 쓴 은영은 푸른 청바지에 수수한 흰색 티를 입었다. 사실 옛날에도 전사 같았었다. 서울 아이답지 않게 나무에도 잘 올라갔고 잘 뛰었고 씩씩했었다. 눈빛은 예나 지금이나 맑았다. 은영을 다시 보자 심장이 쿵쾅거렸지만, 여전히 내 속마음을 털어놓을 수는 없었다. 은영은 첫인사를 나누자마자 내가 아닌 다소니의 안부부터 먼저 물었던 거다. 하지만 나도 다소니의 안부를 알지 못했다. 다만, 죽지 않은 건 확실하다고 말해줬다. 왠지 말해줘야 할 것 같아서였다. 둘은 죽지 않기로 약속했으니까!

다시 이튿날, 학교에서 서성이기를 사흘째 하던 날이었다. 오늘도 대장이 나타나지 않으면 지방으로 내려갈 생각이었다. 그런데 학과 사무실에 소포가 와있었다. 소포를 뜯자 문둥이 점퍼가 나왔다. 점퍼 주머니를 뒤지자 지갑 속에 대장이 남긴 쪽지가 들어있었다. 대장은 여전히 번호를 붙여 명령을 내렸다. 꼭 한 번은 기다렸던 집합 명령이었다.

며칠 후 나와 문둥이, 그리고 은영.
우리는 강원도 인제 버스터미널에서 곰배령으로 가는 버스에 올라탔다. 시내를 벗어나자 버스는 오월의 푸름 속으로 점점 더 깊게 파고 들어갔다. 저 멀리 개울가에 미루나무 몇 그루가 스쳐 지나갔다. 그 뒤로 푸른 산들이 끝없이 이어져 마치 파도치듯 흘러갔다. 오월의 푸른 파도는 눈부시다 못해 눈을 멀게 할 지경이어서 자꾸만 눈을 감았다가 떠야 했다. 문득 오랫골 언덕에서 박사와 함께 빛의 소리를 들었던 그날이 떠올랐다. 은영은 여전히 빛의 소리를 듣고 있을까? 창밖을 내다보고 있는 은영은 생머리를 뒤로 묶은 채 하얀 모자를 눌러썼다. 푸른 청바지와 흰 티셔츠, 하얀 운동화와 빨간 등산 가방, 은영은 에너지가 흘러넘쳤다. 이따금 고개를 돌려 우리를 쳐다보는 눈빛 속엔 긴장한 모습이 역력했다. 긴장해서 그런지 처음부터 말수가 적었다.

은영은 어쩌면 7년 전 개티에서 떠나갔던 그날을 떠올리고 있는지도 모른다. 말없이 창밖을 내다보고 있는 문둥이도 역시 그날을 떠올리고 있는 듯했다. 그날 개티의 미루나무 가로수 길이 지금 이곳으로 연결된 것만 같았다. 그 시절 아이들의 모습이 스쳐 지나갔다. 버스는 그렇게 우리의 그리움 속으로 한참을 더 달렸다.

창밖을 보고 있자니 문둥이에게 궁금한 것이 생겼다. 서리와 도둑질에 관한 생각엔 아직도 변함이 없느냐고 묻자, 잠시 고민하더니 이렇게 대꾸했다.

"우리가 닭을 서리했어. 그런데 닭 주인이 다음 장날에 그 닭을 팔아서 약을 사려고 했다면, 우리가 한 것은 서리가 아니라 도둑질이야."

"하지만 그 시절엔 모두가 다 그러려니 하지 않았나?"

"그랬지, 그 시절엔."

문둥이가 빙그레 웃었다. 왠지 법학도다운 웃음이라는 생각이 들었다. 또 다른 궁금증이 생겼다. 잠자리소년은 개티오빠스파가 했던 일들을 여전히 자연스러운 일이라고 생각하는지 몹시 궁금했다.

내가 너무 깊게 빠져들자 버스가 시기라도 하듯 멈춰 섰다. 곰배령 마을 어귀였다. 버스에서 내리자 물결치던 푸른 파도는 고요히 잠들었다. 그 고요함 속에서 싱그러운 산바람이 불어왔다. 자작나무숲 계곡은 산과 산이 끝없이 겹쳐 시작과 끝을 알 수 없었다. 은영이 파란 하늘을 올려다보며 심호흡하더니 누군가 하늘을 날기에 딱 좋은 날씨라고 했다. 내가 그렇다고 동조하자 은영이 먼 산을 바라보며 혼잣말했다.

"그래, 안녕? 자네가 이곳에 있단 말이지."

우리는 거대한 산속으로 두 발을 들이밀고 걸어 들어갔다. 누구도 표를 내지는 않았지만, 우리의 심장은 심하게 요동쳤다. 그렇게 앞으로 걸어 나가자 아주 묘한 기분이 들었다. 우리가 아이였던 그 시절, 세상 무서운 것이 없었던 그때의 자신감이 다시 찾아왔다. 닭서리를 하려고 두꺼비아저씨네 닭장에 들어갔을 때의 기분이었다. 문둥이도 나와 같은 마음인지 옛날 생각이 난다고 했다.

며칠 전, 은영을 다시 만났을 때 은영은 얼마 전에 반가운 소문을 들었다고 했다. 강원도 어느 신문사에 알고 지내는 선배가 있는데 그 선배에게서 들은 소문이라고 했다. 소문에 의하면 바로 이곳 자작나무숲에 하늘을 날아다니는 사람이 있다는 거였다. 은영은 소문을 듣자마자 직감했다고 했다. 우리는 은영의 직감을 믿었다. 처음엔 긴가민가했지만, 막상 이곳에 오고 보니 이곳이라면 녀석이 있을 것만 같았다. 우리가 이런저런 이야기를 나누며 산모퉁이를 돌아섰을 때, 저만치 앞에서 왜소한 할머니 한 분이 바삐 걸어가고 있었다. 왠지 그 모습에 이끌려 우리도 덩달아 바삐 걸었다.

22

7년 전, 대장이 떠나고 얼마 후 개티오빠스파 아이들은 중학교에 진학했다. 중학생이 된 아이들은 여전히 개티에서 지냈다. 모두 열심히 살았다. 중학교에 진학한 문둥이는 밤낮 공부만 했다. 꼬룡새는 집안일을 열심히 도왔고 몽상가는 연애를 열심히 했으며 헌신짝은 열심히 운동했다. 기울배기는 열심히 달렸고 보자기는 연극 활동을 열심히 했다. 나는 여전히 이야기를 수집했으나 얼마 못 가 그만뒀다. 수집할 특별한 이야기가 없었다. 그때 나는 내 기록을 어떻게 할까 고민하다가 대장 아버지의 무덤 한구석에 파묻었다. 무덤은 누구도 건들지 않을 것만 같아서였다. 또한, 대장 아버지라면 아들의 기록을 지켜줄 거라 믿었다.

고등학교에 진학하게 된 우리는 모두 개티를 떠났고 뿔뿔이 헤어졌다. 그때까지도 다소니는 학교에 다니지 않았다. 박사와 함께 지낸다는 소문이 있었다. 소문에 의하면 다소니는 매일 책을 읽는다고 했다. 또 대장이 떠나고 난 뒤 여기저기 산을 오르기 시작하더니 우리가 중학교를 졸업할 때쯤엔 한라산에서 설악산까지 산이란 산은 모두 정상에 올랐다고 했다. 지도자 아저씨와 다소니 엄마는 그런 다소니를 무조건 후원했다고 했다. 그때 나는 다소니가 완벽히 산 사람이 됐을 거라고 믿었다. 다소니가 산에 오른다는 것은 다른 사람들과는 분명 달랐다. 남들은 산을 정복했다고 말하지만, 다소니가 산에 오른다는 것은 그 어느 때나 탐색과 대화의 과정이었을 거다. 다소니라면 분명히 그랬다.

그러던 어느 날 참혹한 일이 벌어졌다. 대통령 후보였던 누군가가 길을 넓혀주겠다고 하자 개티 마을 사람들은 가로수 길에 있던 미루나무를 모두 베어버렸다. 시멘트로 그루터기마저 덮어버리고 길을 넓혔다. 오랫동안 산 정상을 탐색하며 돌아다니던 다소니가 개티로 돌아왔을 때, 그루터기조차 남지 않은 그 길을 보자 그 자리에서 또다시 쓰러졌다는 소문이 있었다. 다소니는 예전처럼 눈물을 흘리며 오랫동안 잠을 자고 일어나더니 그 이후 두 번 다시 개티 마을에 나타나지 않았다고 했다. 대장처럼 홀연히 떠났다고 했다. 그것이 내가 마지막으로 기억하는 우리의 이야기였다. 그 이후엔 다소니에 대한 소문을 들을 수 없었다. 다소니 엄마를 찾아갔을 때, 다소니 엄마도 연락을 기다릴 뿐이라고 했다.

많은 시간이 지났다. 그리고 오늘 이렇게 우리가 먼저 녀석을 찾아 나섰다. 집합 명령을 전달하기 위해서다. 그런데 아무리 녀석이라 하더라도 하늘을 난다는 소문은 믿기 어려웠다. 비행 날개라면 모르겠지만 사람이 날다니! 그러면서도 녀석이라면 그런 소문이 날 만큼 뭔가를 할 수 있을 것도 같았다. 우리는 앞에서 바삐 걷고 있는 할머니 뒤를 바짝 쫓아갔다. 은영이 뭔가 이상하다며 나와 문둥이에게 물었다.

"혹시, 박사 아니야?"

할머니가 발걸음을 멈췄다. 그때 푸르르! 수상한 바람이 불어왔다. 우리는 미루나무 이파리가 내는 바람 소리라는 것을 알 수 있었다. 우리는 고개를 들고 바람이 불어오는 곳을 주시했다. 저만치 앞에서 미루나무 대여섯 그루가 다시 바람 소리를 냈다. 그 위 하늘에선 매 한 마리가 빙빙 돌았다. 문둥이가 날개라고 외쳤다. 우리는 발걸음을 멈췄다. 미루나무 꼭대기에서 누군가가 긴 머리카락을 휘날리며 뛰어내렸다. 아래 가지로, 또 그 아래 가지로, 과연 하늘을 나는 듯 보였다.

며칠 후, 우리는 뜨거운 서울 한복판에 집합했다. 대장이 생뚱맞게도 서울 한복판에 집합하라고 명령했다. 우리 마을 개티에선 레게 머리를 한 밤꽃이 지독한 냄새를 풍기며 온 마을을 휘감고 있을 유월이었다. 뜻밖에 은수 누나도 개티오빠스파 집합에 합류했다. 은수 누나를 보자 문둥이의 눈시울이 붉어졌다. 개티오빠스파는 뜨거운 유월 항쟁의 대열 속에서 밤꽃 냄새보다 훨씬 더 지독한 최루탄 가스를 마셨다. 최루탄 가스는 두꺼비아저씨의 느닷없는 기습처럼 매웠지만, 우리를 막아서지는 못했다. 우리는 대장을 따라 이리저리 뛰어다녔다. 나는 다시 기록을 시작할 수 있을 것만 같아 가슴이 두근거렸다.

이 두근거림은 전에도 경험한 적이 있었다. 두꺼비아저씨가 왕소나무를 쓰러트리기 며칠 전이었다. 대장과 다소니가 나에게 왕소나무에 올라가자고 했었다. 나무 꼭대기의 세상을 보여주고 싶다고 했다. 저녁 무렵 해가 뒷골 너머 너금배로 사라지고 있는 시간이었다. 대장과 다소니가 함께 올라가겠다고 했는데도 심장이 펄떡펄떡 야단이었다. 내가 머뭇거리자 다소니가 말했다.

"제대로 기록하려면 꼭 올라가야 해! 상상보단 사실을 기록해야지!"

사실 나는 나무 꼭대기에서 보는 세상을 언제나 상상만으로 기록했다. 다소니가 내 마음을 움직였다. 꼭 한 번은 올라가야 했다.

다소니가 먼저 올라가더니 나뭇가지에 거꾸로 매달려 내게 손을 내밀었다. 내가 첫발을 나무 밑동에 걸치자 대장이 내 엉덩이를 두 손으로 받쳐 올렸다. 그렇게 천천히 올라갔다. 다시 다소니가 위로 올라가서 손을 내밀었고 대장이 밑에서 나를 받쳐 올렸다. 그 과정을 여러 번 반복했다. 다리가 후들거리기는 했지만, 다소니가 위에 있고 대장이 밑에 있어 안심됐다. 나는 부들부들 떨면서도 끝까지 올라가 나무 꼭대기에 다다랐다. 해는 너금배를 훨씬 지나 오랫골 고개에 걸려있었다. 그곳에서 조금 더 머물고 싶은 듯 고갯마루를 붉게 물들이며 빨갛게 울었다. 나는 처음으로 노을이 근사하다는 것을 알게 됐다. 아랫개티는 물론 너금배가 한눈에 들어왔다. 굴뚝마다 연기가 피어올랐다.

나무 꼭대기에서 보는 세상은 산 정상에서 보는 세상과는 성격이 확연히 달랐다. 산 정상에선 모든 세상이 저 아래로 내려다보였다. 내가 정복자가 된 기분이었다. 하지만 나무 위에선 내가 바람에 흔들거렸다. 저 아래 펼쳐진 세상도 근사했지만, 눈에 보이는 세상보단 그 세상을 보고 있는 나 자신을 온전히 느낄 수 있어 설렜다. 나무 꼭대기에서 나 자신을 느낄 수 있다는 것은 새롭고 경이로운 경험이었다. 정복자의 느낌과는 전혀 달랐다. 바람과 맞서는 내가, 높이와 맞서는 내가 있었다. 대장과 다소니가 내게 보여주려고 했던 것은 결국 나

자신이었다. 대장은 엄마가 보고 싶을 때 나무에 오른다고 했고, 다소니는 아빠가 보고 싶을 때 나무에 오른다고 했다. 그렇게 나무 꼭대기에서 울었다고 했다. 대장과 다소니는 그렇게 진실에 다가섰던 거다. 나무 꼭대기에서 자기들만의 두려움을 극복했는지도 모른다.

그때 나는 나무 꼭대기에서 나의 두려움을 봤다. 꼭꼭 숨겼던 내 모습이었다. 나보다 두 살 많은 형은 우리 집안의 장남이었다. 항상 나보다 모든 것을 잘했다. 다른 사람들은 물론 아버지도 늘 형을 칭찬했다. 또 늘 형과 비교하며 나를 혼냈다. 내가 아홉 살이고 형이 열한 살이던 해의 겨울이었다. 하루는 연을 날리던 형이 나를 불렀다. 형이 날리던 연이 감나무 꼭대기에 걸려있었다. 나 보고 연을 내려올 수 있겠냐고 물었다. 고개를 내저으며 직접 하라고 하자 놀랍게도 무섭다고 했다. 형이 내 앞에서 무섭다고 말한 것은 처음이었다. 나도 나무에 올라가는 것은 두려웠으나 어떻게든 이 문제를 내 힘으로 해결하고 싶었다. 이를 악물고 감나무에 오르기 시작했다. 식은땀이 흐르고 다리가 후들거렸다. 중간쯤 올라갔을 때 바람이 불자 나무가 휘청거렸다. 갑자기 어지럽더니 머릿속이 하얘졌다. 난 그만 나무에서 떨어지고 말았다. 다행히 감나무는 나뭇가지가 많아 이 가지 저 가지에 걸치며 떨어져서 그런지 크게 다치진 않았다. 아이들이 달려와 나를 살폈다. 하지만 형은 저만치 앞에서 나를 지켜만 봤다.

 그날 이후 형은 내게 말을 걸지 않았고 나도 형에게 말을 걸지 않았다. 또 그날 이후 두 번 다시 나무에 오르지 않았다. 하지만 다른 아이들은 늘 나무에 올랐다. 그때마다 나는 항상 뒤로 물러났다. 그러자 나무뿐만 아니라 누구 앞에 나서는 일이 늘 두려웠다. 그런데 3학년 때 일기장을 검사하던 선생님이 내게 물었다.

 "이야기를 수집하는 게 재미있나 보지?"

 그날 나는 이야기를 수집한다는 말을 처음 들었는데도 재빨리 고개를 끄덕였다. 그렇게 수집가가 됐다.

 처음이자 마지막으로 왕소나무에 올라갔던 날, 나는 나무 꼭대기에서 다소니와 대장에게 숨겨왔던 내 이야기를 털어놓았다. 내내 가슴이 두근거렸으나 기분은 아주 좋았다. 그리고 그날 저녁 내가 먼저 형에게 말을 걸었다. 나무에 올라갈 일 있으면 또 말하라고.

 1987년 6월, 항쟁의 거리는 뜨거웠다. 거리가 숲 같았다. 사람들이 모두 나무 같았다. 개티오빠스파가 뛰어다니기에 딱 좋은 조건이었다. 문둥이가 외쳤다. 우리는 또다시 착하지 않아도 된다고. 최루탄 가스를 마시며 이리저리 도망 다니다가 대장이 나무에 오르자 다른 아이들도 하나둘 나무 꼭대기에 올랐다. 나무 꼭대기에서 우리는 서로의 모습을 바라봤다. 바람이 불자 나무가 휘청했지만 두렵지 않았다. 뜨거운 서울 한복판 나무 꼭대기에서 또다시 가슴이 두근거렸다. 기분이 좋았다. 나는 나무 꼭대기에서 그 시절의 기록을 은수 누나에게 넘겼다. 이젠 새로운 이야기를 기록해야 했다.

10년 후 은수 누나는 '잠자리소년'이라는 제목으로 장편소설을 발표했다. 은수 누나는 소설 첫 장에 우리의 마지막 기록을 이렇게 남겼다. 그제야 다소니라는 이름의 뜻을 알게 됐다.
'그 시절을 함께 보낸 개티 아이들은 잠자리소년을 녀석이라고 기억한다. 녀석이란 말은 잠자리소년에 대한 최고의 찬사다. 사람들은 잠자리소년이 히말라야 얼음벽에 영원히 잠들었다고 말하지만, 개티 아이들은 그 말을 믿지 않는다. 완벽한 산 사람이 되어 어딘가에 살아있을 거라 믿는다. 산이 너무 좋아 우리 앞에 나타나지 않을 뿐이라고 말한다. 잠자리소년은 나무의 정령이니까. 우리가 산처럼, 혹은 나무처럼 살다 보면 다시 만날 수 있다고 말한다. 또 대장이 집합 명령을 내리면 언제든 달려올 거라 믿는다. 다소니-사랑하는 사람, 우리가 사랑했던 소년. 그리고 진정 나였던 나!'

그리고, 그 소설은 이렇게 시작됐다.

흔하지 않은 녀석을 만났다. 얼굴은 하얗고 눈빛은 까맸다. 하얀 얼굴은 얼음을 뚫고 나온 듯 너무 창백해서, 그 차가움이 내 몸에 파고들듯 섬뜩했다. 또 까만 눈빛은 새벽에 혼자 남은 별처럼 왠지 슬펐다. 우리에겐 아주 신기하고, 독특하고, 특별한 만남이었다.

개티오빠스파

초판 1쇄 인쇄 2024년 6월 17일
초판 1쇄 발행 2024년 7월 8일

글 신이비

발행인 윤혜영
편 집 서구름
표 지 지 진 연
마케팅 김대현

펴낸곳 로앤오더
주   소 (우)04778 서울시 성동구 왕십리로 8길, 21-1 2층 201호
전   화 02-6332-1103 | 팩 스 02-6332-1104
이메일 lawnorder21@naver.com
블로그 blog.naver.com/lawnorder21
포스트 post.naver.com/lawnorder21
인스타 @dalflowers
ISBN 979-11-6267-423-9

달꽃°은 로앤오더의 출판 브랜드입니다.

파본은 본사에서 교환해 드립니다.
이 책은 저작권법에 따라 보호받는 저작물이므로 무단복제를 금지하며
이 책 내용의 전부 또는 일부를 이용하려면 반드시 저작권자와
로앤오더의 서면 동의를 받아야 합니다.

ⓒ 이 책에서 사용된 서체는 KoPub바탕체, KoPub돋움체, 한마음명조체,
경기천년제목체를 사용하였습니다.